Alexander Mendis Senaka

Athetha Wakya Deepanya

Or, a Collection of Sinhalese Proverbs, Maxims, Fables &c.

Alexander Mendis Senaka

Athetha Wakya Deepanya
Or, a Collection of Sinhalese Proverbs, Maxims, Fables &c.

ISBN/EAN: 9783744792356

Printed in Europe, USA, Canada, Australia, Japan

Cover: Foto ©Andreas Hilbeck / pixelio.de

More available books at **www.hansebooks.com**

ATHETHA WAKYA DEEPANYA

OR

A COLLECTION OF

Sinhalese Proverbs, Maxims, Fables &c.

COMPILED AND TRANSLATED INTO ENGLISH

BY

ALEXANDER MENDIS SENANAYAKA

ARATCHY.

අතීත වාක්‍ය දීපනිය

හෙවත්

පුරාණ සිට ව්‍යවහාරවූ

සිංහල උපමා කියමන්.

මොරටුවේ පදින්චි

අලෙක්සන්‍ද්‍ර මැන්දිස් සේනානායක

අරච්චි විසින්

සංග්‍රහකොට ඉංග්‍රීසි බසට නගණලදී.

PRINTED AT THE CATHOLIC PRESS, COL:

ප්‍රාරම්භය.

මේ පොතට අන්තර්ගතකර තිබෙන වාක්‍යයන් බොහෝ සෙයින්ම උපමා කථා බව පෙණේ-නානෙක් භාෂාවලින් ව්‍යවහාරවූ නොයෙක්මත මෙහි වාක්‍යයන්හි පෙණෙයි-'පුලා නැති වළාව කණයා පණ්ඩිතයා' යන්නද-'නිකම් පනින රිලවාට ඉනිමං බැන්ද වගෙයි' යන්නද-'ඇතිවෙන ගහ දෙපෙත්තෙන් දැනෙයි' යන්නද-මෙනාදි සමහරකීම් දෙමළ ව්‍යවහාරයෙහි පවා දක්නා ලැබෙයි-'ගින්නක් නැතුව දුමක් නැත්ලු' යන්නා නොයෙක් භාෂාවලින් බාහුල්‍ය ව්‍යවහාරයට නැගි පවත්නා තකී ශාස්ත්‍ර සෙයිවූ වැදගත් කිවකි-'කුණුමාලු ඔතාපු කොළේ වගෙයි' යන්න 'පූතිමච්ඡං කුසග්ගෙන' යනාදි වශයෙන් දුර්ජනයන් ආශ්‍රයකිරීම කුණුමස් බැඳි තණපත් හා සමානයයි බුද්ධධර්මයෙහිද ප්‍රකාශයි-'කකුළුවා දිය රත්වෙනකල් කරණ සෙල්ලම වගෙයි'-යන්න 'ලිප ගිණි මොලවනතෙක් දිය සැළියේ- සැපයක්මෙන් කකුළුවා ඉඳ කෙළියෝ'යි-ලෝවැඩ සඟරාවෙහිද කියා තිබේ-'ඉබ්බාට කටරොතගණ ඉන්ට බැරිවුනා වගෙයි' යන්න ප්‍රකාශවූ කථාව විෂ්ණුශර්මන් නම් පණ්ඩිතයාගෙන හිතෝපදේශ ග්‍රන්ථයෙහි හා පඤ්චතන්ත්‍රයෙහිද ජාතක අටුවාවෙහිද ප්‍රකාශිතයි-'ගෙයි මස් ගඳ තිබෙන තෙක් දොරකඩ බළහඩ නොරනොවෙයි' යන කිම ප්‍රතිතීර්වත් ජාකොබ්ද ගොන්සාල්වෙස් නම් ධර්මාචාර්යතුමන්සේ විසින් කල ආත්මඥකලිප්පූව් නමැති පොතෙහි පවා ප්‍රකාශයි-මෙසේ ප්‍රඥයන දනුමැතිකම් හා ලෝක චාරිත්‍ර ධර්මාදි අනෙක කාරුණු දැනගැණීමටත් කථාව සැරසීමටත් ප්‍රයෝජනවත්වූ මේ කුඩා පොත ලෝකයා විසින් සිත් එලවියයුතු එකක් බව කෘතඥ ලැබේවා.

යලිඳු-වැදගත් සිංහල උදාහරණ කිව් ඉංග්‍රීසි බසට රැචිට පරිඅදෙත් භාගා කථාකාරණ්ට සාගිලාසවූ ආධුනිකාරණයාට හා, සිංහල උදාහරණ කිමක් නමුත් කථාවට යොදා පවතිනු කැමති ඒ ගැන මතක තබෙන පමණක් සෙඩ් නොකොහිම බලාගන්ට තිබෙන මේ උපායෙන් සාමාන්‍ය ජනයාට බොහෝ ප්‍රයෝජන ලැබේයයි මගේ යටත් කල්පනාවයි.

මෙම පොතේ මුල් පිටපත හැසිරීය මගින් අදර ඒස පියාපත්වන අදිරියන්ද මැන්දිස් සේනානායක හා මොරටුවේ ජුවලි කුමාර විජේ මිට පනපලාස් අවුරුද්දනට පමණ ප්‍රථම සඳහන් කර සිංහලෙන් ප්‍රසිද්ධ කාරණ ලද්දේය-එය බොහෝදෙනා විසින් සතුටු සිත් වඩා පිළිගත් හෙයින් පළමු පොතේ නොතිබුන වෙනත් නම් සිය ගණනක් මීට එකතු කොට ඉංග්‍රීසි භාෂාවට නගා මා හැකි තරම් වෙනෙසගෙන යලිත් වැදගත් පණ්ඩිත මහතුන් කිපදෙනෙකු ගෙන් ආධාර ලබාගෙන දෙවෙනි වරට ප්‍රසිද්ධ කෙළෙම්-මෙහි ඇති යම් ප්‍රමාද දෝශ තිබෙන්ට බැරි නැත-පණ්ඩිතෙනාත මියෝ ඒවා ක්ශමාකොට මගේ දුර්වල උත්සාහයට සතුටුවෙත්වායි ප්‍රාර්ථනා කරමි.

A. Mendis,

Aratchy.

PREFACE.

The following work is a collection of proverbs, maxims, fables &c. (current at the present day among the Sinhalese), the majority of which have been handed down orally from time immemorial. A few however are of recent introduction as is evidenced by their form, though their origin is beyond the remembrance of that mythical personage, "the oldest inhabitant."

The present work is substantially the same as the "Athetha wákya deepenya" published by my late lamented father A. Mendis Mudaliyar. A considerable amount of new matter has been added in the present work besides an English translation and a few notes intended to explain obsolete terms, allusions to antiquated customs &c. which are not known to the generality of readers.

Our readers will find that several proverbs &c. have been left untranslated. This has been the case with those which lose their point and beauty when translated into English and thus appear either utterly tame or entirely meaningless to one who is unable to read the Sinhalese original. Additions made in the proofs have for the most part no English translation subjoined.

It is hardly necessary to tell our readers that many Sinhalese proverbs owe their beauty to alliterations, puns, &c. which cannot be exhibited in an English translation. As instances we may give the following—

කොරේ පිටට මරේ.
උකුල් නැවේ කොරේට බුකුල් ඇත්තාට හුවවේද ?
උපාදන්නො අපාගෙනාගත්.

An observing reader will see that most of the proverbs mentioned in the following pages have their equivalents in other languages. For instance අලුත් ඉලපතෙත් හොඳට මිදුලමතවාලු, exactly corresponds to the English proverb, A new broom sweeps well; ලලා නැති විලට කනකො පණ්ඩිතයා is similar to the Tamil, விராலில்லா குளத்துக் குறவைஅதிகாரம்; and නොනා දිය සිඳෙ තතල් බලාගත්තා වගෙයි is equivalent to the Latin, "Rusticus expectat dum defluat amnis."

The compiler cannot be too sensible of the many defects and imperfections of the present work. He however hopes that an indulgent public will over-look them and extend to him the same degree of encouragement and patronage as was accorded to his father.

අතීත වාක්‍ය දීපනිය.

ATHETHA WĀKYA DEEPENYA.

අකලට පලගත් ගෙඩිය වගෙයි.

Like an unseasonable fruit.

අඟුර ගලෙනා සුදුවෙනවැයි?

Can friction against a stone ever make a charcoal white?

අගේ ඉඳ පහ කණ කනවාලු.

To feed on the ear whilst sitting on the horn.

අටම්බටු නවම්හුංගං දුන්නා වගෙයි.

Eight brinjals but nine taxes.

[A certain man took eight brinjals for sale to a village where there were nine headmen. He returned home empty handed and in utter disappointment as he had to give eight of the headmen a brinjal a piece and to the ninth his basket in order to obtain permission to enter the village.]

අටුව කඩා පුටුව හදනවා වගෙයි.

To pull down the loft and make a chair out of the materials.

අඩියෙන් අඩියෙන් ගමටලු.

Even a step in advance leads to the village.

අඩු කලේ දිය සෙලවෙයි.

The water in a half-filled pot shakes.

අඬුව තිබෙද්දී අත පුලුස්සා ගත්තා වගෙයි.

To get the hand burnt whilst having the pincers.

අතාංමතාං දෙඩුවා ඌනම් පනම් අහගත්තා වගෙයි.

Like getting one's defects exposed by speaking nonsense.

අනුන්ට කලදේ තමන්ට පලදේ.

What you do to others will bear fruit in you.

අනුන්ගෙ පොරොවටවඩා තමන්ගේ විදුරුමස හොඳලු.

Ones own gum is better than another's axe.

අනුන්ගෙ මගුල්දාට තමන්ගෙ ආදරේ පෙන්වන්නා වගෙයි.

To show one's hospitality at the wedding of another.

අනුන්ගේ හිසරදේත් හොඳලු.

Even the head-ache of another is preferable.

අන්ධයෙකුට දීකිරිවල සුදු කිව්වා වගෙයි. (ජාත්‍යන්ධයෙක් දීකිරිවලු හැටි ඇසුවාම සුදුයයි කිව්වා, සුදු කොයි හැටිදැයි ඇසුවාම හක්ගෙඩිය වගෙයි කිව්වා, හක් ගෙඩිය කොයිහැටිදැයි ඇසුවාම පොල්වගෙයි කිව්වා, පොල්වල හැටි ඇසුවාම කොකාවගෙයි කිව්වා, කොකාගෙ හැටි ඇසුවාම අත හැඩකර පෙන්නුවා. එවිට අන්ධයා අතගා බලා අනේ! දීකිරි වල හැටින් හරියටම අතවාගෙමයි කිව්වාලු)

Like the description of curd given to a blind man. [A person being asked what curd was like by a man who was born blind, said it was white, on being asked what white was like, he said it was like a conch-shell; when asked again by the blind man what a conch-shell was like, he said it was like the kernal of a cocoanut. "What is a cocoa-nut like"? asked the blindman "It is like a crane" was the reply. "What is a crane like?" was the next question. The man bent his hand into the shape of a crane and asked the blindman to feel it. The blindman felt the hand and said "Oh after all curd is exactly like the hand."]

අන්ධයන් හතරදෙනා ඇතාගෙ ලක්ෂණ කිව්වා වගෙයි. (කකුල් ඇල්ලූ අය වංගෙඩිය වගෙයි කිව්වාලු, හොඬේ ඇල්ලූ අය පැතොල්කඳ වාගෙයි

කිවාලු, කණ අල්ලපු අය වට්ටිය වගෙයි කිවාලු, වල්ගෙ අල්ලපු අය බුබුල්ල වගෙයි කිවාලු.]

Like the descriptions given by four blindmen of the elephant.

He who touched the leg said the elephant was like a rice-pounder; he who touched the trunk, said the elephant was like the stem of a Pappaya tree; he who touched the ear said the elephant was like a Bamboo-tray while the last who touched the tail said the elephant was like a dried cocoanut flower.

අන්ධයාට මොනා පහන් එළියද ?

What is the use of lamp light to a blindman.

අත දීලා දණගියාටත්තා වගෙයි.

Like supplicating a man after placing one's self in his power.

අතුර මැද්දෙ අත්වැල කැඩුනා වගෙයි.

Like the breaking of the supporting rope while one has gone half-way along the couplings [අතුර is the rope connecting cocoa-nut trees from which toddy is drawn. අත්කෙනාලේ is a rope parallel to the අතුර, meant for the support of the toddy-drawer.]

අතේ හකුරු ඇත්නම් කොයි ලිඳෙන් දිය ඇත්ලු.

If you have juggery in hand water may be had from any well.

අප්පා නැති එකා අප්පා එක්ව ඉඳගෙන කන්ට ඇඬුවා සේමනි.

Like a fatherless child crying to his father to come and eat with him.

මිතුබත් දීම අත අල්ලීමෙන් දැනෙයි.

The desire to show one's hospitality could be made out by the way in which the host catches hold of the hand of the intended guest *

* See note 1

අමුවට ඉස්සරවෙලා තාවලු පූදිනවාලු.

Tares yield a harvest before amu. (*Paspalum*)

(Tares which are of spontaneous growth come to perfection sooner than amu on which much labour is bestowed.)

අමුතු ගම් ගන්ට ගොස් තිබුන ගමත් නැතිවුනා වගෙයි.

To lose the village one has by trying to get others.

අමුකල කෙනෙක් අමුගෙණියත්, වීකල කෙනෙක් වී ගෙණියත්,

He who sows amu will reap amu, he who sows paddy will reap paddy.

[Whatsoever a man sows that shall he reap]

අම්බලම කැඩුනත් ගව්ව කුඩා නොවෙයි

The destruction of the ambalama will not shorten the gauwa. (*four miles*)

[Ambalama is a sort of Caravanserai.]

අරින්ට ඉන්න දීගෙ සෙවනැල්ලත් ඇදලු.

Even the shadow of the wife to be divorced is deformed.

අරූප ස්ත්‍රියගෙ පතිව්‍රතාව වගෙයි.

Like the chastity of an ugly woman.

අලට වැඩිලු කොස්, ඊටත් වැඩිලු හිසරදේ.

Jack is more common than yams and headache more common than Jack.

අල බසිනකල් උන්නැකිලු, තැම්බෙනකල් ඉන්ට බැරිලු.

One has patience till yams grow but not till they are cooked.

අලියා මග අඩිපාර සොයා යන්ට කන්නාඩිය ඕනෑ නැති.

Spectacles are not necessary to make out the foot prints of an elephant.

අලි විකුණ බැරිවෙලා, තම්පලා විකුණ හරියයිද ?

Is it of any advantage to take to selling herbs after one has failed in the trade of elephants ?

අලි මදිවට ගෙරක්.

Bullocks too in addition to elephants.

අලුකෙසෙල් නැත්නම් කළුකෙසෙල්වත් ගන්වලු.

If ash-plantain is not to be had, even black-plantain would do.

අලුත් ඉලපතෙත් හොඳට පිහදමෙනවාලු.

A new eacle broom sweeps well.

අලුත් පිටට ගෝණිය කැඳලුවා වගෙයි.

Like starching new gunny bags.

අල ලොකුවුවට බැස්සොත් ඉන්දුළුකාටත් උගෙ අඹුටත් හොඳලු.

If yams grow big, it will be to the advantage of the planter and his wife.

අව්වෙන දැවිච මිනිහා ගින්නට පෙරළුවාක්කමිනි.

To push into the fire the man that has been scorched by the sun.

(Eng— Jump from the frying pan into the fire.)

අහසටත් වැදු මවටත් හොඳක් නැත්ලු.

One's own mother and the sky are never well spoken of.

අඳුනනා බල්ලෝ බුරන්නා වගෙයි,

Like the barking of familiar dogs.

අසල ගෙවල් දෙකේ මඟුල් ගන්න දව, ලඟ ගෙදර බල්ලා බඩගින්නේලු

When a wedding takes place in two adjoining houses the dog of the neighbouring house is left to starve

හදිසියට මතෙ අප්පුත් වෙදරාළලු.

In a sudden emergency even Matha Appu would make a doctor.

[Matha Appu is a term of contempt for one who has not even a smattering of medicine.]

අසීරුවට හිඟුරු වැලෙත් එල්ලෙනවාලු.

In cases of necessity people cling on to the Hinguru creeper.

[Hinguru is a thorny creeper.]

අශ්වයාට අඟ නොලැබුනා වගෙයි.

Like the horse not getting horns.

අඬි කැඳ ඉව්වා වගෙයි- අඬි හද්දෙනෙක් එක බුඩු කතාවානැත්ගෙණ හට්ලේ කැඳ ඉව් මට කරු කරගනා සැලියේ දියවක්කර ලිපතබා, එකිනෙ කාගෙ ඔලගුවලට අත පොවා හාල්දමන්නාක මෙන් පෙණීමට අත පෙව්වා මිස එක්කෙනෙනාඋ වින් හාල් දැම්මේ නැතැ-සැලිය බාලා බැළුවාම තිබුනේ උණුදිය පමණයි.

As the Andiyas cooked cunjee.

[Seven andiyas who happened to be in the sam lodging agreed to cook a pot of cunjee for thei common use. Each one promised to contribut a handful of rice. A pot of water was accord ingly placed over the fire and each of th Andiyas thinking that the others would pu in their quota of rice went near the pot an pretended to put in his handful. At las however when the contents of the pot wer poured out it was found to contain nothin but water.]

අඬීයොල්ල එක ඉතාමි, කොක්කරම් පසිඹ වෙනමෙ නාමේ.

Though Andiyas belong to the same caste, the bags are kept separate *

අඳුම්ළ ඉරවුවෙන් කන්නා මෙසයි.

Liko eating cel fish with an eaclo.

[To get a task which is repugnant to us, performe by others.]

---

* See Note 2.

ඇඹාරියා රවටා ගමරාල කැත්ත හැදෙව්වා වගෙයි.

Like the rustic who got his knife made by imposing on the blacksmith.

A rustic who went to a blacksmith to get a knife made gave the latter only the iron keeping back the steel, thinking by that means to deceive him.

ඉක්මන් වැඩගත්තයි කියා බඩාලාට පියා ගැහුවා වගෙයි-එක ගෑනියක් ඇගෙ දුවට බත්කවන දීනට ඕනෑයි කියා සෑදීමට භාරදුන් කරාබු දෙක ලැබුනේ නැහැ-ඒ දූ දීගෙගොස් දුවක් වදා බත් කවන දිනට දෙන්ට ඕනෑයයි දෙවනු ඇවිත් බලකර දෙනුවාම, බපමණ ඉක්මන් වැඩ කෝ භාර ගත්තේ මන්ද කියා බඩාලාට ඔහුගේ ,පියා ගැහුවාලු.

Like the Silversmith's father beating his son for undertaking an urgent work.

[A certain woman ordered a pair of earings for her little daughter to be used on the day of her weaning. The silversmith having failed to give it on the day appointed, she made him promise that he would give it on the day that her grand-daughter would be weaned. The silversmith's father on hearing of the promise his son had made, gave him a thrashing]

ඉක්මනට කොරහටත් අතලන්ට බැරිලු.

A person cannot put his hand in a hurry even into a koreha.

[Koreha is a large pot.]

ඉතා පි‍්‍රයවෙන්නොත් කාලවැන්දුම් වෙන්ටලු.

Excessive fondness for a spouse betokens approaching widowhood.

ඉස අතගා ඇස උදුල්ලන්නා වගෙයි.

To pat one on the head and pull out his eye.

ඉසව උඩින් කටක් ඇද්ද?

Is there a mouth above the head ?

ඉසරෙද්ව කෙවිවි මාරුකලා වගෙයි.

Like changing pillows to get relief from head-ache

ඉස අල්ලපුවටනම් පලමුවෙන් කකුල අල්ලන්වලු.

If you want to touch the head, first touch the foot.

ඉස්සරවෙලා ආ කණට වඩා, පස්සේ ආ අඟ දිස්වුනා වගෙයි.

The horn that is of more recent growth than the ear becomes longer than the latter.

ඉස්සාගෙ ඉසේ කුණු තිබ ගත මම සුදුවයි කිවාලු.

Like the sprawn making pretensions to cleanliness despite the filth he has on his head·

ඉඟිනලාම නොදැනනාන්නාට නෙලෙමින් ලෝ ඇත් නත් නොදැනනලු.

A blow with a pestle will make no impression on one to whom a wink is of no effect.

ඉබිකරබා නය ලෙව්ව උවත් ලාබලු.

It is a gain even to lick up anything that is runing to waste.

ඉබි කබවන් ඔඩ තනට ඕනෑවෙනවාලු.

Even tortoise-shell is used for medicine·

ඉබ්බාගෙන් පෙස්මන්තු ඇල්ලන්නා වගෙයි.

Like asking a tortoise for lock-stitchings.

ඉබ්බාව තාරැකානාවා නොල බැරිවුන කරිව වගෙයි·
දිත හඟනමන් ඇදිනා ඉබ්බඬුව කරුණුවත්
තනතය නරදනා සම්බව සාර්විව උන
නවෙඩ් නවා දුම්රත දිත ඉ, හිනෑනත අපි උනි
නොතා නාස් අමා ත, උනි නොරිඬුවස් බැහැනත
එලමි ඉද්නනා සිනා නොරිනකාර කොස්නු නෙ
නෙ නරතීබා පිතාහනාවිච වලානාර තාරීනය
ස් ඒ ද ; නොකුනනේ මෙ ඉබ්බා කුවන් පිණිස

කොහාඇත්කෝද්දසි ඇසිය-එවිට ඉබ්බා ඊට උත්තරදෙන පිණිස කට ඇරීම බිම වැටුනාලු.

Like the tortoise who failed to govern his tongue.

[Two friendly cranes once met a tortoise who was in search of a pool of water. They promised to take him to a place where there was water, and asked the tortoise to hold by his mouth a stick either end of which each of them would take and fly off with him. The tortoise was strictly enjoined not to open his mouth; and when he was being carried in this manner, on the way a cunning fox called out to the cranes and asked them why they were carrying the tortoise. The foolish tortoise on hearing this opened his mouth to give a reply, when he immediately fell down.]

ඉබ්බා සිංහයාව පරාජය කලාලු.

The tortoise is said to have vanquished the lion.

ඉලිප්පෙන ලිපට ගේනත්තා වාගෙයි.

ඉබ්බා දියේ දමන්නෙපා නිකන් ඉලව්වෙයි කියා කෑ ගැසුවාලු.

Like the tortoise who cried out "Oh! what a mishap, on being thrown into water.

ඉබ්බෝ කවද ගස්නැග්ගෝ ?

When did tortoises climb up trees?

ඉඳිකටුවක් රත්රං කලත් ඇති වැඩේ?

What advantage is there even if a needle be changed into gold?

ඉඳිකටු මුදුනේ තපස් රකිනවා වගෙයි.

Like leading an ascetic's life on the point of a needle.

ඉද ඇඬුවන්ට ඉද ඇඬිමත්, සිටා ඇඬුවන්ට සිටා ඇඬිමත් තිබිල.

For those who cried standing, we should cry standing, and for those who cried sitting we should cry sitting.

ඉත්තෑවාගෙ ගුලේ කබල්ලෑවා වැදී මුත්තාපා කිව ත් යන්නේ නෑත කීවාලු.

The ant-eater who forcibly got possession of the porcupine's hole, swore that he would not leave it on any account.

ඉවසිල්ලෙන් සැනසිල්ල ලැබේලු.

Patience begets comfort.

ඉවසන කෙනා රැපු යුදයට ජයකොඩීය.

A man of patience is a banner of victory in the battle-field.

ඉරට්ට මෝඩයයි නම්ලත් එකා වාගෙයි-එක් මෝඩ යෙක් නැගිනිය අගුල නිඬුබසින්ට යද්දී, බර අ ඩුකරණ අදහසින් තමන්ගේ නද කරතිබාගත් පට ඉරට්ට මෝඩයයි ඔහුට එහි උන් කෙනෙක් කීවාලු.

Like the man who was called double fool.

A certain fool when his boat was in danger of sinking took the pingo he had in the boat on his shoulders with the object of lightening the boat]

උකුල් ඇටේ කොරේට බුකුල් ඇන්නාට, සුවවේද?

Boxing will not set to right a thigh-bone out of joint.

උගුඩුවා ඇටකෙසෙල් කෑවා දෙවනුව දැනෙන්නේ.

The wild cat who eats jungle plantain will feel the effects of it afterwards.

උගුඩුවා ඇටකෙසෙල් කෑවාවාගෙයි- උගුඩුවෙක් ශි තුවනට ඇටකෙසෙල්කා තද අඩස්සියක් හැදී වේදනාවෙන් ඉන්දදී මේ වේදනාව සුවවුණිනම් ජීවිතාන්තය දක්වා ඇටකෙසෙල් නොකමි යි යා ඝනත්තලෙස ඉඳ සුවවුනායින් පසු, ඇත ක ත්දක ඇටකෙසෙල්කැඳක් ඉදී තිබෙන ෙ

ඉදුණ දැක, එදා ගොස් අතගා ඇවිත්, පසුවදා ගොස් එක ගෙඩියක් කා, ඉන් පසුවදා ගොස් 'මේ කන්දේ කෙසෙල්ගෙඩි අගුණ නැත' කියා බඩ ගන්නාතෙක් කා ඇවිත් ඇල්ලේ අඩස්සිය සුව නොවී මැරුණලු.

As the wild-cat ate jungle plantains.

A wild-cat getting a severe disorder in the stomach by eating wild plantains swore he would never eat them again if he were to get well. Soon after his cure, seeing a bunch of wild plantains on a neighbouring hill he went up to it and handled it. The next day he went to the place and ate one; on the third day he ate to his heart's content, observing that the plantains of that hill were not unwholesome. This time however he got a more severe complaint in thestomach than before, which proved fatal.

උගුරට හොරා බෙහෙත් කන්නාවගෙයි.

Like attempting to swallow down medicines without the knowledge of the throat.

උගුලේ අසුවුන නරියා කට ඇරගණ පනහන්ට එද් දීත් මේක සිනාවෙයි කීවාලු.

The opening of the mouth in his death agony by the fox who was caught in a trap was said to be a smile.

උඩපැන්නොත් බිමවැටේලු.

If you jump up, you will also fall down.

උඩබලා කෙලගැසුවාම තමාගේ මුහුණේ වැටෙනවාලු.

If you look up and spit, the spittle will fall on your face.

උදැල්ලේ පස් ඔඩතුරවෙයි කීවා.

The earth from the hoe will get into the folds of the cloth about the waist of the person who digs.

උඩින් හකුරු යටින් කතුරු.

Juggery on the surface, scissors underneath.

උනහපුළුවාගෙ දරුවා ඌට මැණික්කලු.

The young of the loris is gem to her.

උනහපුළුවාගෙ ඇසින් කඳුළුයාන්ට බැරුවා වගෙනයි.

Tears will not come from the eye of a loris.

උන වනේ උන වනෙන්ම ගිනිගන්නවාලු.

The fire in a bamboo jungle is produced in the jungle itself. †

උණු නිසා බොන්ටත් බැහැ, කැඳ නිසා අහකලන්ටත් බැහැ.

As it is hot it cannot be drunk, but being gruel it cannot be thrown away.

උත්තමයින්ගේ ගුණ උත්තමයෝ දනිත්.

Great men will know the good qualities of their equals.

උදේ සිට දියා ඇද්ද මිනිහත්, සවස කාලේ බින්; මිනිහත් සමසමවුනා වගෙයි.

The man who drew water from morning till evening & the man who came towards evening and broke the pot, met with the same treatment.

උඳුපියලි කොළේ වැස්ස නියඟ දෙකටම එකාකාරයි.

The Undupialy leaf (*Hedysarum*) is the same in wet weather as in the dry.

උපන්ගෙයි ගතිය බලි ඇරියත් සුවකරන්ට බැරිලු.

Naturral deformity cannot be cured even by propitiating the planets.

උපාදානයෝ අපා නොයත්

උපාසකනමට නොබිර රා බීම.

It does not become an upasakaya (A Budhist devotee) to drink toddy.

† Fires are often caused in bamboo jungles by the friction of the bamboo trees against each other

උරුලෑවා බලලා නොවෙන්නාක්මෙනි.

The civat-cat will never become a cat.

උපදින්ට ඉස්සර පෙකනිවැල කපනැකැයි?

Could the navel-string be cut before birth?

උං කළ දේ උං ගෙණියයි, තෝ කළ දේ තෝ ගෙ-
ණියයි.

You will reap the fruit of your doings, and he of his.

[This is supposed to have been said by a Budhist Priest who on attempting to cross a dam was pushed off by one man, but was helped over it by another]

ඌරන්ට මොනා අච්චාරුද?

What pickles for pigs.

ඌරාගෙ හොස්සේ රත්රන් බැන්දක්මෙනි.

Like covering a pig's snout with gold.

ඌරෙකුට ඌරෙක් හාරදෙනවා නොවේලු.

One pig will not dig for another.

ඌරාගෙ මස් ඌගෙ ඇගේ තිබා කපන්නා වගෙයි.

Like chopping the flesh of a pig on its own back.

එක මිනිහෙක් කුරහන් කන්ට බැරුව කෑම ඇති රටක් සොයා ගියාම, ඒ පලාතේ අයවල් කුරහන් නලා කාලා ඇඟිලි ගෙව්ලාලු.

A certain man being unable to eat Kurahan went in search of a country where he thought better food could be had. On going there however he found that the fingers of the people of that country had wasted by their constantly handling Kurahan porridge.

එක මෝඩයෙක් අඹුඹි ගැනුවා වගෙයි-තොරු අල්ලන්ට ගොස් කඹුල්ල උඩ ඉඳ එය අසුකර පි-
ටපවගෙනායන, ගොරු දක දුවන්ට වගයම්කළ

නමුත්, මේ අවසිරේ නිසා දුවන්ට බැරිවී මා අ
තාරූ සනකිනා කෑ ගැසුවාලු.

Like the way in which a certain fool tied his truss

[A certain person who had gone out to catch thieves sat on a stile and unconsciously tied his truss so as to get entangled in it. Being however unable to get away when he attempted to run after thieves, thinking that he was held down by some one he cried out "Let me go let me go.']

එක මිනිහෙක් සූකිරිවල රස කිව්වා වගෙයි-සූකිරි
හොඳ රසය කිව්වා, උඹ කෑව දැයි ඇසුවාම, නෑ
හා අපේ අයියා කිව්වාය, අයියා කෑව දැයි ඇසුවා
ම, නැත කොළඹ ඇත්තෝ කනවා උන්දෑ දුටු
වයි කිව්වාලු.

Like a certain man's description of the taste of sugar-candy.

A certain man who said that sugar-candy was sweet, being asked if he had ever tasted it, said "no, my brother told me so." On being further questioned as to whether his brother had tasted it, he said "No, my brother saw Colombo people eat it"

එක රටනාව යිනාම ආනාන්ට බැරිඑ-නම රටනාව ගි
යාම නාරන්ඩ බැරිලු.

එක මිනිහෙක් පන්සිල් ගන්නාවගෙයි-ගෙදර ගැනි
පන්සිල් අරගා ඇවිත් අනේ! ඕසී, හාමුදුරුවන්
පන්සිල් ගන්ට නාරනදු නෑ පුරුෂයාගෙන් ඇ
හුවාම, අනේ බාත් මට ඒවැ ඩෝ දැනෙන්නෙත් නෑ
ග කියා උත්තර දුන්විට ඒනෑම් දනිමත් කුමට
ද හාමුදුරුවනේ කියනා වචනේ කියනවා පමණ
ක කියා සැමි උත්තර දුන්නාම, මෙය පුරුෂයා
පන්සලට පිටත්ව ගියා, එව්ට ...! මේ බැනැර
න්දෑයි උන්නාන්සේ ඇසුවාම මෙම අනන් එලෙස

ම සිවාළු-පෙනෙන ; මේ පිස්සුවක්ද සිවාමත් එලෙ
සම සිවාළු-ගැහුවා කියා උන්නාන්සේ කීවාමත්,
එසේම කියනකොට පන්සලේ හොංචිලෝ ඇවි
ත් හුම්බැට දිපිට-එනන්න ගම්නත් පණ ඉලවා
ගණ ගෙදර ඇවිත් ගෑනිබාත් යෝදී ය! උඹ
දෙපෝයට පන්සිල් අරන් සනීපෙන් ඉන්නා තාමු
ත්, මිං දවසේ පන්සිල් අරන් මගේ ඇඟ ඇව
පොඩිවී උණගන්නයි කීව ලු.

As a certain person received Pansil *

A certain woman on her return from the temple after receiving Pansil, asked the husband why he too did not receive Pansil. "I do not know how to do it," replied the husband. "What you have to do," said the wife, "when you go to the temple is to repeat after the priest whatever he tells you" The husband accordingly went to the temple. The priest on seeing the man, asked him "Hallo man, where are you going ? The man too repeated the same words, "Are you mad ?" said the priest. "Are you mad?" rejoined the man. "The priest who had waxed very wrath now ordered his attendants to give the man a thrashing This order too was repeated by the man in the very words of the priest. The man however was given a sound thrashing by the priests' attendants. On going home he told his wife, that he was surprised she looked so healthy after receiving Pansil ones a fort-night whereas he had caught a fever by receivig it only once.

එක ගෑනියක් මනුබලා ඇඬුවා වගේ- නිලමෙද "බ
ඩෙන් එංකන අම්මේ" කියා කියා හැඬුවාමින්
නවවන් ඒ දුටුවා උන්නෙත් නැතලු.

As a woman cried in anticipation.

A certain woman on the day of her husband's

* See note 3.

death, in order to work on the feelings of the bystanders, cried out that she had a child in her womb. This child however was never born.

එක සිත් නම් තම්බාකොළු පලාවිත් වෙනසින් නම් යමු කාවත් බලා…ත් කියා ගෑනියක් කිවාලු.

If we are of one mind, let us live even on herbs, if not let us separate.

එක පන්සලේ ඉන්න මහණුන්නාන්සේලත් කුඩම්බි ගෙරම්ගහන්නවාලු.

Even the Budhist priests who live in the same temple come to logger-heads.

එක්ක කකා බෙල්ල කපනවා වගෙයි.

Like cutting one's throat whilst eating out of the same dish·

එක්ක කෑවත් බොක්ක වෙනලු.

The dish which is eaten out of is the same, but the stomachs of the eaters are different.

එක් ඇහැ කැපුනාම අනිත් ඇහෙනුත් කඳුළු එනවාලු.

When one eye is pricked, tears will come out of the other too.

එලිපත් …ත් ඉර …ා බළලාවගෙයි.

Like the cat on the door-step.

ඌ කැලෙන් … කැලේට පැන්නාම මුවාගේ තිත් මැකේන් ?

Will the spots of a deer vanish out by his jumping from one jungle to another ?

ඔන්චිල්ලා …බැගියොත් මෙබත් එයිලු.

If the swing goes forward, it will come backward too.

ඔරුවට ලොකු කොල්ලෑව වගෙයි.

Like the out-rigger that is bigger than the boat.

ඔරුව පෙරළුනාම ඒ පිටට වඩා මේ පිට හොඳෙයි කිවාළු.

Like saying that the wrong side of the boat is better than the other; when the boat is upset.

ඇනලා බැන්දත්, බැඳලා ඇන්නත් දෙකම එකයි.

It makes no difference whether you beat a person first and then tie him up, or tie up a person first and then beat him.

ඇතාට විදලත් අත උස්වුනායි කිවා වාගෙයි.

Like ascribing the failure of an attempt to hit an elephant to not being able to take proper aim.

ඇතා ගිල්ල දිවුල්ගෙඩිය මෙන්.

Like the wood-apple that was swallowed by the Elephant. *

ඇතා වැරුණත් කොරහේ නාවන්ට බැරිලු.

Though the Elephant gets lean, it cannot be bathed in a pan.

ඇතිවෙන ගහ දෙපෙත්තේදී දැනෙයි.

The tree which will grow could be known when two leaves spring out.

ඇත්තු දලදෙනකොට මැද තිබෙන තෝර ගැවෙන වාලු.

When Elephants wrestle with their trunks, the cassia-plants that are between them are injured.

ඇතුන් යන පාරේ වටුවොත් යනවාලු.

Snipes also go on the same path as Elephants.

ඇත්ත කියන්නාට තැබෑරුමත් ඉඩනැත්ලු.

The truthful man has no room even in the tavern.

---

* See note 1

ඇත්ත කියා පැත්තක් කෑවත් හොඳලු.

No matter even if you eat up a half of one's body after telling him the truth.

ඇත්තෙතත් දෙන්නායි, මැද නින්දත් ඕනෑලු.

There are but two in the bed, each of them wants to sleep in the middle.

ඇපවෙනවාට වඩා කැපවෙනවා හොඳලු.

It is better to be one's victim than his security.

ඇහැලපලගෙ මුල වනසමැයි සිතා ඇහැලමුල් ඉදුරුවා වගෙයි.

Like rooting out Ehéla *(Indian laburanam)* with the object of destroying the race of Ehélapola. †

ඇහැල පෙරහැරට බෙරත් ඇද්ද?

Are tom-toms used at an Ehéla Perahera?

[An Ehéla Perahera *(A Budhist festival)* is never performed without the beating of tom toms which are absolutely necessary for it.]

ඇඟිල්ලෙ තරමට ඉදිමෙන්ට ඕනැලු.

The swelling of the finger must be proportioned to its size.

ඇඬුතොටළ කිරි එරෙන්නේ.

The mother gets milk when the child cries for it.

ඇල්ලට බැහැලා පාමත් බලන්නා වගෙයි.

Like looking about for footmarks after once getting into a ‡ stream with the object of crossing it.

ඇල්වතුරෙන් පුළුස්සන්නා වගෙයි.

Like burning with cold water.

ඇවිලෙන ගින්නට පිදුරු දමන්නා වගෙයි.

Like consigning straw to a raging fire.

---

† See note 5

‡ The word ඇල්ල translated by stream here generally means "rapids."

ඇවිද්ද පය දහස්වටී, ගෙයි තිබූපය බලුපොවටී.

The foot of one who has travelled about, is worth thousands, but the foot of one who has kept at home is not worth a kick.

ඈත තිබෙන මොනර මසට වඩා, ළඟ තිබෙන කපු ටු මස හොඳළු.

Better is crow-flesh that is at hand, than peacock-flesh that is far off.

කකුළුවා දියරත්වෙනකල් කරණ සෙල්ලම්වගෙයි.

The crab plays about in the water (in which he is being boiled) till it gets hot.

කකුළුවා පැත්තෙන් පැත්තට යමින්, පැටවුන්ට කෙළින් එන්ට කියනවාලු.

The parent crab who walks crooked, tells its young ones to walk straight.

කටුනාලේ පිපුන මලවගෙයි.

Like a flower blown amongst brambles.

කටුස්සාට රත්රන් පැලඳුවා වගෙයි- රජ්ජුරුවන් දුටුවාම උඩ ගහෙන් බැහැගන ඇවිත්, නමස්කාර කරණවා දැක කණේ කඩුක්කනමක් දම්මෙව්ද සිට රජ්ජුරුවන් දැක ඉහලට ගියාලු.

Like adorning the chamelion with a gold ornament.

A king who had observed that a chamelion was in the habit of getting down a tree and saluting him whenever he was seen, ordered a gold earing to be put on the chamelion's ear. On the following day however, the chamelion instead of behaving towards the king as before, on seeing him went up the tree and took no notice of him.

කඩන්ට බැරිමල බුදුන්නේත් නමට පූජාවේවාවෙයි කිව්වාලු.

Like saying of the flower which cannot be plucked "Let it be offered to Buddha."

කණකොකාගෙ සුදපෙනෙන්නේ ඉගිලුනාමලු.

The white of a crane appears only when it flies. [The upper part of the body of a Kanekoka (*A species of crane)* is brown, and the lower is white.]

කණකැස්බෑ වියසිදුරෙන් අහස බලන්නා වගෙයි.

කණමීදෙනගෙ තෙල් ඇගෙ ඇස්රෝගෙටත් මදිලු.

The ghee obtained from the milk of a blind she-buffalo is not enough even for a disorder in her eye.

කපන්ට බැරි අත සිඹින්නා වගෙයි.

To kiss the hand that cannot be out off.

කපුටාට වණේ කැක්කුම මොටද ?

The pain of an animal's wound is of no consequence to the crow.

කපුරු දවිතැන අලුනැතිලු.

Where camphor is burnt no ashes will be left.

කම්මැලිගාට දිවැස්ලු.

The sluggard can prophesy.

කම්මැලිකම පාපයේ මුල් පියාලු.

Laziness is the father of sin.

කම්මලේ ඇතිවෙච්ච බල්ලා හෙණේවත් භයනැත්ලු.

The dog that has been brought up in a blacksmith's shop is not afraid even of thunder.

කරවල වෙලඳාමේ ඇවිත් හුදු සඳුන්වල ගණන් කුමටද ?

What has the seller of dry-fish to do with the price of sandelwood ?

කරුමෙන් උපන් දරුවාට වෙදකරන්නේ මොකද ?

What is the use of doctoring a child born to misery.

කලදුටුද වල ඉහින්නා වගෙයි.

Like emptying the pit just at the nick of time.

කල වෙලඳාමෙන් අතේ තිබුණ එකත් නැතුව ගියාලු.

To lose the money one has in his possession by embarking in a new trade

කල් කල දේ පල පලදේ.

You will reap the fruit of your doings.

කළුවා මාරපන් ගියා වගෙයි-නිලමේ කෙනෙකුගේ වැඩකාරයා වන මොහුට කථාකර, කළුවේ තෝ මාරපන් ගොසින් එන්ට ඕනෑයයි කියා නිලමේ ගෙට ගොස් ලියමන අරන්එන්ට පූර්ව ඔහු පිටත්ව මාරපනට ගියා ලු-දෙවනු දා ආවාම ඇයි අඩේ ඔහොම ගියේ! කියා ඇසුවිට ගොසින්එන්ට කිලෙස මට ගොස් ආවායයි කිවාලු.

Like Kaluwa's trip to Márapana.

A certain Nilame told his servant Kaluwa that he was to go to the village of Márapana, intending to send a letter by him. But before the Nilame could fetch the letter Kaluwa started off. Being asked on his return why he went away in that manner, Kaluwa replied that he only did what he was told. He was asked to go Márapana, and he did so.

කළුහාමිගෙ අප්පොච්චි අශ්වයා දැවැද්දට දුන්නාවාගෙයි-එක් පිටිසර ගමක මව්පිය දෙදෙනෙකුට ඇතුව සිටි කළුහාමි නමැති දුව මැරී විත දිනකට පසු, කළුහාමිගෙ පියා ගෙදර නැතිව්වක ඉනා කෙට්ටු සිඟන්නෙක් එම ගෙදරට ආවාම, කළුහාමිගෙ මෑණියෝ ඔහු දැක උඹ මේ නැවි කොච්චුවෙලා මොනදැයි ඇසුවිට, මම එලොව ගොස් මෙලොව ආවයි කිව්ලු-සිඟන්නා එලෙස උත්තරදුන්නේ ඔහු නදබල රෝගාතුරයෙක්ව සිටි නිසයි-එවිට ඒ මෝඩ මව් අපේ කළුහාමි දුටුවාදැයි ඇසුවාම, එලොවදී ඒ කළුහාමිව කසාදබැන්දේ මමයයි උත්තර දුන්නාලු, එවිට අනේ මගෙ බෑනෝ! එලොවදී මගෙ දුවත් උඹටත් පැලඳී මට මේවා අරන් පලයන් කියා ගෙදර තුබුනා රන්රිදී මුතුමැණික් පටපිළි යනාදි නොයෙක්දේ

ඉහුට හාරදුන්නාළු-එනහින් ඔහු පිටත්වගො
ස් මඳ වේලාවකට පසු කළුහාමිගෙ පියා ගෙදර ආ
වල එලොව ආරංචි සහ දෑවැද් දී ඇරියනැයින්
ඈ කිවාලු-එවිට මේ මෝඩකම කාළේ මන්දැයි
බැනා කිපී ඒ සිඟන්නා අල්ලන අදහසින් අශ්ව
යාපිට නැගී ගිය දෙසට එලවා යනවා ඒ සිඟ
න්නා ඈතදී දැක ගසකට ගොඩනැගුනාම මෙ
ම අස ඒ දැක අශ්වයා එම ගසේ බැඳ ගසට
ගොඩනැගී එනබව පලමු ගසට ගිය සිඟන්නා
දැක, ඔහු අන්නස් දිගේ ගොස් බිමට පැන අශ්
වයා පිටනැගී පන්නා දුවනවා දැක, කිසිවක් කා
රන්න බැරි මේ ගමරාළ ගසේ ඉඳ බැසේ කියා
හඬනයා, ඇඳුම් ආයිත්තම් අම්මා දුන්නාය-අශ්
වයා තොප මම දෑවැද්ද දුන්නාය කියා කළුහාමි
ට [illegible] පිය කිවාලු.

As Kaluhamy's father gave away his horse in dowry.

Once upon a time there lived in a certain village a Gamerāla and his wife, whose only child was a daughter by name Kaluhamy. It happened that this daughter died a premature death to the great sorrow of her parents. Soon after her death a lean beggar came to the house in the absence of the Gamerāla. The sorrowing mother of Kaluhamy pitying the wretched condition of the beggar asked him how he had got so lean. "I have just returned from the other world," replied the beggar, meaning of course that he had only recently recovered from a dangerous illness. The foolish mother taking the beggar's reply literally asked him if he had seen Kaluhamy there. The beggar finding out how simple the woman was determined to take advantage of the occasion. "It is I who married her in the other world," said he in reply to her question. Kaluhamy's mother on hearing this affectionately embraced the beggar as her son-in-law, and gave him all the jewels and silk that were in the house to be taken to the other world for the use of Kaluhamy & her husband A little while after the beggar had gone away the Gamarála returned home The wife then related to him what had happened during his absence. The Gamarála got highly incensed at what he heard. After severly rebuking the wife for her folly, he rode off in the same direction that the beggar had gone with the object of capturing him The beggar on seeing the Gamarála at a distance went up a tree. The Gamarála too came up to the tree and having tied his horse at the foot began climbing up. The beggar however getting down by a branch untied the horse, and rode off on it as fast as possible. The unfortunate Gamarála who was still on the tree finding out that nothing could be done; shouted out "Son-in-law, tell Kaluhamy that the jewels and clothes are from the mother, but the horse is from me."

කථාව දෝලාවෙන්, ගමන පයින්.

To go on foot after talking of going in a palanquin.

කෑතොත් මොනරමස්ලු නොකාතොත් කපුටුමස්ලු.

What one has a desire to eat is to him peacock flesh; what one has no desire to eat is to him crow flesh.

කසාකසා කස්බෝවේ, බසින්බසට බස්බෝවේ.

The more you scratch the more you will have to scratch; the more you talk, the more you will have to talk.

කටින් බතලකොළ සිටවනවා වගෙයි.

Like planting potatoe leaves with the tongue.

කසලගොඩේ තිබුනත් මැණික මැණික්මයි.

Though it lie in a heap of filth a jewel is a jewe for all that.

කාගෙ පස්සියෙත් හුනුපොඩි තිබෙනවාලු.

In every one's betel-bag there are scraps of chunam.

කාසිපහට් වෙස් දහයළු.

The possessor of five coins puts on twice as many airs.

කිකිලි තාරා බිත්තර රැක්කා වගෙයි-යන්නම් දැඩි වූපාම කුකුල් රැලට එක්නොවී තාරා රැලට එක් වෙනාවා.

Like the hen hatching duck eggs.

කිඹුලා අල්ලනවා ඉවසතත්, කොහිලකටු ඇනෙන වා ඉවසන්ට බැරිළු.

Even if you could suffer being caught by the crocodile, you cannot endure being pricked by cohile (*Draxontium spinosum)* thorns.

කිඹුලාට මගුල් ජෝඩුකළා වගෙයි-නරියා කිඹුලාට එ ගොඩින් මගුල් ජෝඩුකරන්ට යනවයි කියකියා, දිනෙන් දින මහාලිගෙ පියා සම්බවුනේ නැත-මාමා සම්බවුනේ නැත-අය්යා සම්බවුනේ නැත, යනාදී බොරු උත්තරදිදී කිඹුලාගෙ පිටඋඩින් එතර මෙතරවී හොස්, ගෙරිකුණ කා ඉවරවූනද මෙතරව ගගේ ඉන්න කිඹුළන්ට මොන මගුල් ද කියා නරියා ගියාළු.

Like arranging a match for a crocodile.

A cunning fox who had seen the carcase of a bull on the bank of a river, crossed the river every day on the back of a crocodile on the pretence of going there to arrange a match for the crocodile, The fox kept on cheating the crocodile for a length of time telling him that the bride's father was away one day, and the uncle on another &c. On the day he ate the last of the carcase, he ran away to the jungle saying in answer to the inquiries of the crocodile, "What marriages for crocodiles that live in rivers?"

කිඹුලාගෙන් ගැළවුනත් හූනා ගෙදරදී-කිඹුලාගෙ දත් වැදුන කෙනෙකුගෙ ඇගේ හූනා තැවරුනොත් සුවනරන්ට බැරිලු.

Though you escape the crocodile, you will find the lizard at home.*

කිරි කළේකට ගොම පිඩක් ලිහුනලා වගෙයි.

Like putting little cow-dung into a pot of milk.

කිරිදියෙන් දෙව්වත්, අඟුර සුදුවෙන කලෙක්නම් නැත.

Though washed with milk charcoal will never become white.

කීවොත් සඟ නසී, නොකීවොත් වෙහෙර නසී.

If the matter be disclosed it will be ruin of the priest, if not it will be ruin of the Wihara.

[This is supposed to have been said by a person who saw a Budhist Priest eating a *Wihara* made of flour offered to Buddha.]

කුකුළාට ඉස්සරවෙලා පෙඳේ දිව්වා වගෙයි.

Like the tail running before the cock.

කුඩම්මත් ඇවිත් කැවුම් පුන්චිකලා වගෙයි.

Although the Aunt had come the cakes were made small.

[This was said by some children, when their Aunt, whilst assisting their mother in making cakes, made smaller ones.]

* See Note 6.

කුදු මිනිහාට කෙලින්වෙලා යන්ට කියා බලකළාට
යන්ට පිලිවන්ද?

Could a hump-backed man walk erect though you force him to do so?

කුඩා ඇමක් දලා මහ මාළු මරන්නා වගෙයි.

Like catching a big fish with a small bait.

කුණුමාළු ඔතාපු කොළේ වගෙයි.

Like the leaf in which putrid meat had been wrapped up.

කුඹුරේ අලි කෑවාට ගමේ තිබුන වංගෙඩි බැන්දෙව්
වා වගෙයි.

Like tying up the paddy-pounders of the village because elephants ate up the corn in the field.

කුලාට අනිනොත් මඩේදිළු.

A blow to a wild bull should be given when he is in the mud.

කුලිකුරක්කනට ගොස්, ඉම්ගම් කුමටද?

Having come to thrash kurakkan for hire, why inquire after the boundaries of the Village?

කූඩැල්ලා මෙත්තේ ඉන්දුවාට ඉඳීද?

Will a leech remain on a mattress though placed on it?

කූඩැල්ලාගෙ මූනට දෙහිඇඹුල් මිරිකුවා වගෙයි.

Like squeezing lime juice into the face of a leech.

කූඩැල්ලා එකපලක් අල්ලාගණ අනින්පල අත්හරි
නාවාලු.

The leech lets go his hold of one place when he has fixed himself on another.

කෙතට බැඳි පඹයා වගෙයි.

Like the scarecrow in a paddy field.

කෙතේ මුවෝ කෑවාට ගෙදර තිබුන ගෝණහමට
තඩිබෑවාලු.

Like beating the elks'-skin which was at home, for the damage done by deer to the crop.

කොකාට වරයක්නම්, තිත්තයාටත් වරයක්ලු.

If there is a time for the crane, there will be a time for the thitthaya as well.

[*Thitthaya* is a kind of very small river fish.]

කොකා දිය සිඳෙනකල් බලාඋන්නා වගෙයි.

Like the crane waiting for the drying up of the river.

කොණ්ඩේ ඇත්නම් හතරහටම බැන්දකිල්ල.

If you have hair, you can tie it in all four directions.

කොතන ; කාසි, එතනට වාසි.

Where there is money, there will be gain too.

කොපමණ වතුර ගැලුවත් ගෙම්බින්නාගෙ කරවටලු.

However high the water may rise, it will only be up to the neck of the frog.

කොපමණ සාගිත්වුවත්, සිංහයා තණකොළ නොකයි.

However hungry a lion may be, he will never eat grass.

කොපමණ වර්‍ෂාව තුබුනත්, කැදැත්තා දියපිපාස යෙන්ලු.

However much rain there may be, the Kendetta is always thirsty. *

කොරේ පිටට මරේ.

The pains of death in addition to lameness.

කොහොඹගහේ කරවිලවැල එතුනා වගෙයි.

Like the cariville creeper *(Memordica Charantia)* entwined round a Margosa tree.

[Bitterness is characterstic of both the Cariville and the Margosa]

කොහොඹ ගහේ උපන් පණුවාට තිත්තනැතිලු.

Bitterness is of no consequence to a worm born in a Margosa tree.

---

* See Note 7.

කැඳත් ඕනෑලු රැවුලත් ඕනෑලු.

Both are necessary the beard as well as cunjee.

ඉබ්බෑ බිත්තර සියගණනක් ලා, කිසි ශබ්දයක් නොකරනත්, කිකිළි එක බිත්තරයක් ලා ගම් කීපයකට ඇසෙන්ට ශබ්ද කරනවාලු.

The tortoise makes no noise even after laying hundreds of eggs, but the cackling of a hen who has laid one egg, could be heard in several villages of the neighbourhood

කෑම හිඟයෙන් කෙට්ටුවෙච්ච සිටි බල්ලා වගේයි-බ්‍රාහ්මණයාගෙ ගෙදර ඉන්න බල්ලා ඉතා කෙට්ටු වී සිටිනවිට, තවත් එකෙක් මම ඉන්න ගෙදර බොහොම කෑම තිබෙන නිසා උඹත් එහි යමන් කියා මිත්‍ර බල්ලෙක් හඬගෑසුවාම, මම ඉන්නෙ බ්‍රාහ්මණයාගෙ ගෙදරය, ඔහුට තරහගියාම බ්‍රාහ්මණදේවිට බැල්ලිය කියා බනිනවා-ඒ එවනේ හැටියට බ්‍රාහ්මණදේවි මගෙ දියණියෝය. එවිට බ්‍රාහ්මණයා මගෙ බෑනාය, එබැවින් මම නොයමි කියා මාන්න ආහාරෙවත් ඉඳ කෙට්ටුවී සායින්නෙන් මැරුණාලු.

Like the dog that was getting lean through want of food.

A friendly dog who had observed the dog of a certain Brahamin to be very lean asked the latter to come to his master's house where abundance of food could be had. The lean dog replied "I am living in a Brahamin's house & when the Brahamin gets angry he calls his wife a bitch; and thus she is my daughter and the Brahamin my son-in-law. On this account I cannot leave the Brahamin's house." The dog thus died of starvation through his love of vain-glory.

ගඟට බේදුමට ඇඟ හොසෙද්දු ඉන්නා වගෙයි.

ගඟෙන් එගොඩ එළිය දැක මෙගොඩ ඉඳගෙන ගිනි තැපීමට අත පෑවාලු.

Like the person on the bank of a riverwho at the sight of a fire on the opposite bank, stretched out his hands with the object of warming himself.

ගනේ යිල්ල ගිලාට පිළිමේ අග්ගලාවලු.

An image is like an aggalawa to the Devil who has swallowed down a Budhist Priest.

[*Aggalawa* a kind of sweetmeat made in the shape of a ball.]

ගන්නා ළිඳට දිය උනනවාලු.

A well from which water is constantly drawn, always gets fresh supplies.

ගමට අවලමත් ගහට ඇහැල්ලුවත් විනාශයලු.

A vagaboud is the ruin of a village, and a parasite of a tree.

ගමරාලට කුරහන් ඇති බව දතෙන් පෙනෙයි.

A rustic who has kurahan could be made out by his teeth.

ගමරාලගෙ වංගෙඩිය වගෙයි.

Like the Gamarala's paddy-pounder.

A certain young man visiting his intended bride's house for the first time, was offered a paddy-pounder to sit upon by his mother-in-law. A little while after, the mother-in-law wanted the paddy-pounder in order to get some paddy down from the loft. So she asked the young man to get up for a while, and after finishing her business allowed the young man to resume his seat. After the paddy was dried in the sun the paddy-pounder was wanted a second time, to pound the paddy in. The young man being asked a second time to get up, left the house in disgust, observing that there was but one paddy-pounder, to sit upon, to stand on, to pound paddy in &c.

ගමමායිනා කැප්පුවා වගෙයි-ගමරාලගෙ රැවුල කපා පා පනික්කියාට අවුරුද්දට වී මල්ලක් දෙනවා-එක්දිනක් පනික්කියා එනවිට ගමරාල ගෙදර නැති නිසා, ඒ වෙනුවට ගමමායියා කොන්ඩේ කප්පවාගෙන ඇ කල නුවණේ පාරට්ටුකලාලු.

Like the Gama-Maiya's shave.

A certain Gamarála used to give his barbar a bag of paddy every year for shaving him. When the barber came to the house one day during the absence of the Gamarála, the Gama-Maiya got her own head shaved in place of her husband's beard and boasted of her wise act on her husband's return.

ගමමායිසාලා දෙන්නා ගෑලලාගෙ සමර්ථකම් කිවා වගෙයි-වෙන කාටවත් කියවන්ට බැරි අන්දමට, මගේ ගෑලු ලියනවායයි එක ගෑනියක් කිවාම, මගේ ගෑල ඊට වඩා සමර්ථය, උන්නැහෙටම කියවාගන්ට බැරි අන්දමට මගෙ ගෑල ලියනවායයි අනින් ගෑනී කිවලු.

Like the respective accounts two Gama-Maiya's gave of the abilities of their husbands.

When one of them said "My husband is very clever, for what he writes nobody else could read," the other observed "My husband is cleverer still, for what he writes, he himself cannot read."

ගමරාලගෙ වෙඩිල්ල වගෙයි-ගමමායිනා සත්තුවුනාම හොඳ් තැලේ සඟාවෙන නිසා, කොනාපා සිටිනත් ඔහුගෙ ඇවක්කුව එදින බව පෙන්වන පිණිස, ඇතාදී සතෙක් වෙඩ්තිබා තැලේ සඟවා ඇවිත්, ගෙදර ඉදා වෙඩිල්ලක්තිබා, අන්න අසවල් නැවා ඉවත්වා සතාට මම වෙඩ්තිබ්බයි කිනා

වැඩකාරයාට ඇරියාම, සම්බත් ගෙනාදුසිට දැ කැලේ සැඟවීමට ගියේ නැත්ලු.

Like the Gamarala's shot.

The wife of a certain Gamarāla was in the habit of hiding herself in the jungle whenever she happened to fall out with her husband. The Gamarala devised a dodge in order to make her give up the habit by making her believe that he could shoot anything with his gun, wherever it may be. Having shot an animal at a distance, he hid it in a jungle. After returning home he fired his gun and ordered his servant to go to a certain place and fetch the animal that was killed by the shot. The servant went to the place he was asked to go and brought back the animal. Never after this did the Gama-maiya resort to her old habit of hiding herself in the jungle.

හාමුරාලට ඇල්ලු පහණෙන් ලේඛායත් එලියබලනා වාලු.

The lamp lit for the headman's use, gives light to the lascoreen too.

ගම්මිරිස්ඇටේ සැර දතෙන්නෙන් විකුවාමලු.

How hot a pepper seed is, could only be made out by biting it.

ගලපිට වපුලා වගේ.

Like sowing on a rock.

ගල හොඳනම් පොළත් හොඳයි

If the grinding stone is good, the cocoanut that it grinds too, will be good.

ගලපිට පොර හාද පොර නොවෙයි.

A struggle on a rock is no friendly-struggle.

ගලායන වතුරෙන් දෝතක් ගත්තත් ලාබලු.

It is a gain to take even two handfuls out of water that is running to waste.

ගලෙන් පට්ටා ගන්ට හැත්කරන්නාක්මෙන්.
Like the attempt to peel off the bark from a rock

ගල් දහයක් ගැහුවොත් එකක් වදීලු.
If ten stones are thrown, one would hit the mark.

ගහන හෙණේ පැණිවරකාව බලන්නෙත් නැත්ලු.
The thunder-bolt will not regard even a sweet-jack tree.

ගහ දන්නාට කොළ පාන්නේ කුමටද?
What is the use of showing the leaves to one who knows the tree.

ගහන්ට ගහන්ට වඳින එකත්, වඳින්ට වඳින්ට ගහන එකත් දෙන්නම මෝඩයොලු.
He that cries for mercy the more he is beaten, and he that beats the more, the more his victim cries for mercy, are both fools.

ගහෙන් වැටුන වඳුරා රැලෙන් අත්හරින්නා වගෙයි.
The monkey that falls down a tree is forsaken by its gang.

ගහෙන් වැටුන මිනිහාට ගොනා ඇන්නා වගෙයි.
Like a bull butting a man who has fallen down a tree.

ගහේ කටු උල්කරන්ට ඕනැනැ.
No need of sharpening the thorns of a tree.

ගහේ මුලින් නොනැග අගින් නගින්ට ගියා වගෙයි.
Like attempting to get on a tree from the top, instead of from the bottom.

ගලේ හිස හැපීමෙන් හිස පොඩිවෙනවා මිස ගල පොඩිනොවෙයි.
If the head is dashed against a rock, the head but not the rock will get smashed.

ගහයට වැසි දෙකලු.
A shower is doubled underneath a tree.

ගිනිපෙනෙල්ලෙන් බැටකාපු එකා කණාමැදිරියාට
ත් භයලු

The man who has been beaten with a firebrand; dreads the sight of a fire-fly.

ගින්නක් නැතුව දුමක් නැතිලු.

There cannot be a smoke without a fire.

ගින්දරේ පණුවෙක් දම්මා වාගෙයි.

ගිය ලුලා මහ එකාලු.

The Lula (*Cabul*) that escaped, is said to be the bigger one.

ගිය හකුරට පාඩන්නේ, තිබෙන හකුරු රැකගන්නේ.

Cry not for the juggery you have lost, but take care of the juggery you still have.

ගිය නුවණ ඇතුන් ලව්වාවත් අද්දවන්ට බැරිලු.

You cannot draw back past wisdom, even by elephants.

ගිලිමලෙත් ඇතිලු දතසුද්දෝ.

Even in Gilimaley could be found people with white teeth *

ගිරේට අසුවුනු පුවක්ගෙඩිය වගෙයි.

Like the areacanut caught in the cutter.

ගුරුන්ටත් අකුරු වරදිනවාලු.

Even teachers miss letters.

ගෙට නිවට එලිපත්තලු.

The threshold that is inferior to the house.

ගෙදර මහ පොතක් ඇත එකක්වත් මතක නැත සි
වා වගෙයි

You have a big book at home, but you cannot recollect any thing.

ගෙවලත් මල්ලේ ඊයෝ දම්මාවගෙයි.

ගෙම්බෝ ලහෙන් මන්නා වගෙයි

Like measuring frogs with a laha †

---

* See Note 8.

† See Note 9.

ගෙරිකුණට කපුටෝ වහන්නා වගෙයි

Like crows flocking round the carcase of a bull.

ගෙරිමස් කනත් කුලලෙල් එල්ලාගණ කන්නේ නැති ලු.

Those who eat beef do not keep it hanging about the neck whilst eating it.

ගොනා වනයින්නේ, කව්ඩා මස්යින්නේ.

The bull suffers from the pain of his wound, and the crow with a longing to feed upon it.

ගොනාපිට හකුරු පටවන්නා වගෙයි.

Like loading a bull with juggery.

ගොරක කාපු රිලවා වගෙයි-ඇඹුල නිසා දත හිරි වැටී තිබවාගෙන ඉන්නවාලු.

Like the monkey that has eaten goraka(*Gam-boy.*)*

ගොලුවාගේ සින්දුව බිහිරාට ඇසී අත්පොලසන්දුන් නාය කියනන්නා වගෙයි.

Like saying "The deaf man on hearing the song of the dumb man clapped his hands for joy."

ගොලුවා දුටු සවප්නය වගෙයි.

Like dumb man's dream.

ගෝනාගලට රැලනැහුනාට නොදැනේළු-ඒ ගල තිබෙන්නේ පානාදුරෙමෝය ඉදිරිපිට මුහුදේයි.

The Gonágala does not feel the beating of the waves. †

ඝෝෂා අකුරු ලිවා වගෙයි-රටක ගොස් සිටි පුත්‍රයා ලොකු අකුරෙන් ලියුමක් ලියද්දී මිත්‍රයෙක් ඒ දැක මේ මොකද්දයි ඇසුවිට, මගේ අම්මාගෙ කණ් ඇසෙන්නේ නැති නිසා ඝෝෂා අකුරෙන් ලියනවයි කිවාළු.

Like writing noisy characters.

A son who was in a distant country was observed

* See Note 10.
† See Note 11.

by a friend write a letter to his mother in large characters. On being asked why he wrote such big characters, he replied, 'As my mother is deaf, I write in noisy characters'

ගැරඬි මරා පව්ගත්තා වගෙයි.

Like sinning by killing rat-snakes.

ගැරඬියා නාගයා කරන්ට නොහැකිය.

It is impossible to make a rat-snake a cobra.

ගැටිය කරේ හිටිය කථාව වගෙයි—එක මිනිහෙකුට ඔහුගෙ ගෑණි ගහනතඩිනතකල ඉවසා ඉන්ට බැරි ව, පැමිණිලි වෙන කියන අදහසින්, දුරැරටක හිටින ඔහුගේ මිත්‍රයකු සොයා ගොස් සවිස්තරව ත් ඉන්දද්දි, එම ගෙදර ගෑණි පුරුෂයාගෙ හටිටියකින් ගැසුවිට, ගැටිය කරේ හිටියාම, යහළුවේ! මෙලෙස දේවල් දැකලා ඇද්දැයි ඇසුවිට, ඔහොම ගැහුම් අප රටෙත් හිඩවෙනාවා තමයි, නුමුත් ගැටිය කරේ හිටිනා දුටුවේ අදය හිවාලු.

Like the story of the brim round the neck.

A certain man being unable to suffer the ill-treatment he was subjected to by his wife, went to a distant country in search of a friend of his, with the object of acquainting him of his trubles. When the two friends were talking together, the wife of the latter came in a rage and struck his head with a chatty & the brim of which fell round the husband's neck. The unfortunate man turning to his friend asked him if he had witnessed similar things in his country. "Assaults are common enough in our country too, he replied, "but it is only today that I saw the brim fell round the neck."

හෙණරව් තරමට වැස්සේ නැතිළ.

The amount of rain is not proportioned to the violence of thunder.

තණ ඇති තැන හරකා කන්නේ නැතිලු.

Where there is grass, cattle do not graze.

තද සෙනහස දබරටලු, තද හුළඟ වැස්සටලු.

Excessive fondness precedes a quarrel; strong blowing precedes rain.

[Familiarity breeds contempt]

තනි ගස උයන්වෙන්නේ නැතිලු.

A single tree will not make an orchard.

තණ්හාවෙන් ඇත්තෑ හැලෙනවාලු.

Ambition begets vexation.

තමන් දරුවාගේ මස් කන්නයි කීවොත් අනුන්ගේ දරුවාගේ ඇටත් නොකාද?

Will not the man who threatens to eat up the flesh of his own child, eat up the bones of another's child?

තමන්ගේ ගමට වල්ලත්, අනුන්ගේ ගමට පොල්ලත් එපාළු.

Vanity in one's own village, and insolence abroad are both objectionable.

තමන්ගේ ගෙයිදොර ඇරතිබා, අනුන්ගේ ගෙදර බල්ලන්ගහන්ට ගියා වගෙයි.

Like leaving the doors of one's house open whilst going to drive away dogs from a stranger's house.

තරුණ ගොන් සීසානවා මහළු ගොන් කන්සලනවා වටින්නේ නැතිළු.

The ploughing of young bulls is not worth the shaking of the ears of old ones.

තුත්තුකුඩි ගියත් ඒ අතපයමයි.

Though gone to Tuticoreen, your hands & feet will remain the same.

තෙමිච්ච කුකුළාට සීත නැතිලු

A wet cock does not feel the cold.

තෙල්පැණි නොනැඟ කන නැවුම් කැල්ලත් හොඳයි.

Even a small piece of sweetmeat for which you do not spend jaggery and oil is acceptable.

තොටගමුවේ උපන් නාට මොවද බණ බැරිනම්.

What is the use of being born at Totagamuva if you do not know Bana *

නැලෙන යකඩ දුටුවාම, ආචාරීයා උඩ පැන පැන තලනවාලු.

When the blacksmith finds a malleable iron he hammers it with jumping

තැවැරුම්කාරයාගෙ මල්බලිය ඉස්සීමට හැටක් එකතුවූනාම-ඉන්පසු තවෙකෙක් දුවැවිත් අනේ රේන්දමහත්මයා! කලින් මට නොදැන්නුවා හරිනැත කියා තෝක්කනවු කීවාලු.

When there were sixty men assembled to raise a tavern-keeper's Malbalia, another man came up running to the tavern-keeper and said, "Ah! renter you have done wrong in not having informed me about this in time." †

තැග්ගෙන් තැග්ග උතුම් තැග්ගලු.

A gift of a gift is an excellent gift.

දඩමීබල්ලෝ බැඳතිබාගෙණ, මෑගෝඩිබල්ලෝ ගෙණගියා වගෙයි.

Like keeping hunting dogs tied up at home, and hunting with curs.

දත ඇතිදු පොල් කන්ට කීවලු.

Eat cocoanuts while you have your teeth.

දත් තිහට මැද දිව ගැලවෙන්නාවගෙයි.

The tongue is safe though in the midst of thirty teeth.

---

* See Note 12

See Note 13

දඹුලු විහාරෙත් වැඳගෙන තලගොයිත් මරාගෙන එන් ට කිව්වා වගෙයි.

Like saying "Perform your devotions at Dambulu-wihara and on your return kill and bring some guanos. ‡

දරුකුණත් කපුටුකුණත් අහකලන්ට එපාලු.

Do not throw away a dead child and a dead crow.

දඬිමාගෙ මුවාවෙන් සතුන් මරන්නාක්මෙන්.

දහට උදහස් නැතිලු.

No wrath against thousand men.

දහට අරන් පන්සියේට දුන්නා වගෙයි.

Like buying for a thousand, and selling back for five hundred.

දහනවය විස්ස කළා වගෙයි.

Like changing nineteen into twenty.

දිමියා එල්ලෙන්නෙත් හපන්කමටය, බැරිනම්ත් වේ ගෙටවද?

දිළිඳුකම ඉඹුල්පුළුන්වලටත් සැහැල්ලුයි.

Poverty is lighter than cotton.

දිනුම්පිලව ජෝසියා කියන්නා වගෙයි.

දිව මුල මීපැණි තුබුනත් හාදයතුළ විෂය.

Though there is honey at the root of the tongue, yet there is poison in the heart.

දිවුල්මල් ලබමැයි සිතා දිය ඇද්ද වගෙයි.

Like watering a wood-apple tree with the hope of getting flowers. §

දිවසුරු ඉදිරියේ කෙසේ බබලාද කණමැදිරියේ?

How can a fire-fly shine in the sun?

දිවියා වුනාට මොකද නිය නැත්නම්.

What is the use of being a tiger if there be no claws.

‡ See Note 14
§ See Note 15

දිවි දුටු මුවා වගෙයි.

Like the deer who has seen a tiger.

දිවූ පමණටලු හති.

Panting will be proportioned to the distance run.

දියයටින් වෙඩිත්තබන්නාක්මෙනි.

Like shooting from under water.

දිය මිටිතැනින් බහින්නා වගෙයි.

Water always flows down the lowest place.

දියේ ඇඳි ඉර වගෙයි.

Like a line drawn on water.

දිසාව හොඳ නමුත්, දසාව නරකනම් නිල ලබන්ට බැරිලු.

Though the disawa is friendly, yet if the time (*dasawa*) be unlucky, no rank could be obtained.

[Dissawa in the time of the Kandyan Kings was an official of high rank. The term is now applied to a Government Agent.]

දුප්පතුන්ටම වේසි අමාරුව.

Every difficulty is to the poor.

දුවන්ට ඇරලා වල්ගෙ අල්ලන්නා වගෙයි.

Like catching hold of the tail of an animal after allowing it to run away.

දුවන්නන් පස්සේ දිව්වා වගෙයි.

Like running after runners without knowing why they run.

දුවන්ට බැරි අයගෙ ලය ගලලු.

He has a heart of stone, who is not able to run.

දුවන මුවන් දැක නොදමන් නෙළූ පලා.

Do not throw away the herbs you have plucked at the sight of running deer.

දූවට අසුවූන සිවලා වගෙයි.

Like the Jackal cast upon an Island.

දූවිලි ඇවුස්සුවොත් හිසට දූවිලි නගී.

If you raise the dust, it will rise up to your head.

දෙපැත්තට දුන්තෙල් ගාන්නා වගෙයි.

Like daubing anything with Buffalo ghee on both sides.

දෙවේලේ දකින කුකුලාගෙ කරමලා, එවේලේ පෙනෙයි සකසේම සුදුවෙලා.

The comb of a cock seen twice a day will appear to be as white as a Conch-shell.

දැනමුත්තොත්, මෝඩවෙනවාලු.

Even wisemen are sometimes out-witted.

නාමින් සපුරැනාමි නමුත් කටහඳුනු

නම්බුව කබල්ගෑවා වගෙයි--වංශය හොඳ නිසා දිළිඳු කම් නොබලා දූ දීගදීමෙන් පසු මව්පියෝ දුව නිසන් දකිමට ගියද, කැවිදිමට නැති වේගයෙන් කබලක් ලිපතබා නම්බුව කබල්යානාවයි කියා කබල්ගෑවාලු,

Like one stirring up the honour in an old pan.

The parents who had given away their daughter in marriage to a poor man on account of his high birth, went to see the daughter sometime after the marriage. The daughter had nothing in the house to offer her parents to eat; so in a fit of rage she went and placed an old pan on the hearth and pretended to show as if she were stirring up its contents. When asked by the old pair what she was about, she replied "I am trying to fry the honour you got for me."

නාමින් කොස්වත්තේ, කමිඹා කන්ට පොලොසුත් නැත්තේ.

Though by name it is Coswatte (*Jack Estate*) yet one cannot find in it even a young jack to eat,

ණයගත් අය ණයදුන් අයගේ වහලාය.

The debtor is the slave of the creditor.

නයාට පොල්ල වැරැද්දුවා වගෙයි.

Like missing the blow to a cobra.

නයාගෙ පැටවා ගැරඬියා කරන්ට බැරිය.

It is impossible to make a young cobra a rat-snake.

නයා පෙනේකරණවා දැක ගැරඬියත් කැබලිත්තක් බැහැගෙණ නැටුවාලු.

Having seen the cobra spread out its hood, the rat-snake also danced with a pot-sherd in its mouth.

නරියා කුකුලා කැලේ සඟවා පොල්ලෙල්ලු බැහැගෙණ දුවනවාලු.

The fox hides the fowl in the jungle, & runs about with a cocoanut husk in its mouth.

නාසෙන් ඉහල ගැළු වතුර කොපමණ ගැළුවත් එකය.

It makes no difference if the water which is already above the nose, rises higher.

නිකම් යන්ට බැරි උමගෙයි හුණුකුල්ලක් බැඳගෙණ යන්ට කිවාවගෙයි.

Like asking a person to go with a winnow of chunam along a subterranean passage, which scarcely affords him a passage.

නිකම් පනින රිලවාට ඉණිමං බැන්දුවගෙයි.

Like making ladders for monkeys who can climb up without them.

නිකම් හඬන මුත්තාට මුණුපුරෙක් මැරුණ වගෙයි.

Like the death of a grand-son to a grand-father who weeps for nothing.

නිකම් නටන යකාට අඟුරු දුම්මල ඇල්ලුවා වගෙයි.

Like placing burning resin & coal before a devil, who dances without anything.

නිදන සිංහයා නැඟුට්ටුවා හැරීම නුවනට හුරු නො
වෙයි.

It is unwise to rouse a sleeping lion.

නිදිමත සැප නොදනීලු.

One who is sleepy cares not for comfort and ease.

නිදිවරා ඉන්ට නොපිළිවන්නම් වින්නඹුකමේ නො
යන්.

Do not turn out a midwife if you cannot remain without sleep.

නිවට ඇඹැට්ටයාට එළුවත් නිකට පානවාලු.

The goat also offers his chin to an inexpert barber.

නිල ලැබීම නරකාදියටත් හොඳලු.

It is good to obtain distinction even in hell.

නියනැති දිවියා වගෙයි.

Like a tiger without claws.

නියඟට පැහුනා වගෙයි.

Like the untimely ripening due to hot weather.

නියපොත්තෙන් කඩනා ගහ පොරොවෙන් කපන්ට
අමාරු වුනා වගෙයි.

A tree which could at first be nipped with the nail, could afterwards with difficulty be cut down with an axe.

නුහුරු දීගයට වඩා හුරු කනවැන්දුම සෙනෙහි
ලු.

A single life is preferable to an unhappy marriage.

නුරුස්සන මිනිහාගෙ සෙවනැල්ලත් ඇදලු.

Even the shadow of a disagreeable man is deformed.

නූල් මලේ අවුල වාගෙයි.

Like the twist of a skein of thread.

නෙළුම් කොළේ දියබින්දුවමෙනි.

Like a drop of water on a lily.

නොකරණ වෙදකමට කෝඩුරුතෙල් හත්පට්ටයකු
ත් විනාස් ඕනෑලු.
නොඋග්ඩිපච යනානමතේ, උමන්පච සම්භාවුණේ, ස
ල්ලිදෙකේ රා අරගණ, දෙන්නාබීබී සන්තුටුවූණේ.
නොදන්නා දෙමළ විනාශෙ පාතනවාලු.
Tamil that one knows nothing about is said to be
the ruin of his race.*
නොවපුර නොපැසෙයි.
No crops without sowing.
නොහොඳින් හොඳක් නොවේලු.
Nothing good will come out of evil.
නොයන ගමට කුමටද මග විචාළේ?
Why did you inquire about the way to the village
where you do not intend to go?
නැටුම් ගැහුවී කපුරාලටලු, බත්මිනා ටිකිරිරාලටලු.
[ටිකිරිරාලනම්-කකුන්ට පුදන බත් උළන්නා-ඒ
බත්කන්නෙත් ටිකිරිරාලයි]
Though the *Capurála* dances, *Tikirirála* gets the
rice. ‡
පැට්ටුවා වැටුනත් අඩව්වලු.
Even the fall of a dancer is a somerset.

පනින මුවාට උල්හිටවන්ට කමෙක් නැහැ:
It is not necessary to plant stakes to injure a leap-
ing stag.
පණ්ඩිතයන් සියයකුගෙන් දිනනත්, මෝඩයෙකු
ගෙන් දිනන්ට බැහැ.
Though you vanquish in argument a hundred wise
men, no victory could be gained over a fool.
පදුදන්ට මොනා සුදුහරක්ද
What white cattle for *Paduwás*. †

---

* See note 16 ‡ See note 17 † See note 18

පර අබසා දොසමෙරසා පෙනෙතොන්දැයි, තම මෙරසා දොස අබසා පෙනෙතොන්දැයි.

Ones own fault though it is as big as *Mahaméru* appears to him as small as mustard seed, while the fault of another which is as small as a mustard-seed appears as big as *Mahaméru* ‡

පව්කාරයාගෙ හිස බූගෑදු ගල්වැසිම වැස්සාලු

On the day that the sinner's head was shaved, there was hail

පව්කාරයා පොතනුස්සයි තඩාගෙණයයි.

The sinner will not take up a book, but will carry a load.

පඹගාලේ පටලැවුන නරිනායිදේ වගෙයි.

Like a fox entangled in a thicket of Pamba [*Hydro giosum pinnafitida.*]

පරංගියා කෝට්ටේ ගියා වාගෙයි- පුර්තකාල්වරු පලමුවෙන් කොලඹට ගොඩබැස, කෝට්ටේ වැඩසිටින රජ්ජුරුවන් දැකිමට යන්ට පාර ඇසුවාම, එසිසිටි සිංහලයෝ, ගාල්ල මාතර ගිරුවා පත්තුව වටේට ගෙණගොස් තුන්මස් තුන් පෝය ක් ඇවිද්දවා කෝට්ටෙට එක්ක ආවාලු-කොලඹසිට කෝට්ටෙට දුර හැතැප්ම හයයි.

Like the journey of the Portuguese to Cotta.

The first Portuguese who landed at Colombo, wishing to go to the residence of the Kandiyan King at Cotta engaged some Singhalese guides to conduct them there. These guides instead of taking them straight to Cotta (distant only 6 miles from Colombo), took them through Galle, Matara, and Giruwa-pattuwa and thus made them travel for three months and three weeks before they took them to their destination.

---

‡ See Note 19

පලඇති ගසේ කොයිසතත් වහනවාලු.

Every kind of bird will resort to a fruitful tree.

පතට ඉපදිලා දෙපතක් ගරණ්ට පිළිවන්ද?

Having born one for a quarter measure, could he expect to clean a half-measure ?

පහරපිට පහරදෙනවිට ගල්පව්තත් ගමන්යන්ලු.

A successive blows will set even rocks in motion.

පාන්මඩු අස්සේ ගිනිමඩු පටන්ගත්තාවගේයි.

Like commencing a *Pànmaduwa* * in the midst of a *Ginimaduwa.* †

පාන්ගෙඩියේ මසුරන් තබාදීලත් පව්කාරයාට නො ලැබුනිලු.

Even after giving gold coins in the bread, the sinner did not get them.

පාවෙන පාවෙන කුණු බේරුවල් තුඩාවිටලු.

Whatever rubbish floats collects at Béruwala point.

පාපයක් නැතුව සාපයක් කොයින්ද ?

Where is the curse that is not the consequence of sin ?

පාලුපැල් රැක්කාවගේයි.

Like remaining in deserted watch-huts.

පිණ්ඇතිදාට ගොණත් වදනවාලු.

On a lucky day even bulls are said to bringforth.

පිනැත්තන්ට බුරණ බල්ලාගෙ කටෙ දත්වැටෙන වාලු.

The teeth of the dog which barks at the fortunate will fall.

පිත්නැත්නම් හිත් කොයින්ද?

If there is no bile how can there be a heart ?

පියවරු ගොයිනැත්කලොත් දරුවන්ට කරල් ඇහි දීමට ඉඩඇත්ලු.

If fathers cultivate the children will have a chance of gleaning.

---

† See note 20 * See note 21

පිරුණු කලේ දිය නොසෙල්වෙයි.

A pot filled to the brim does not shake.

පිඹුරු දඩමම වගෙයි-ලනු දරණු හසා ඉන්න අතර
ඒ දරණුව තුලට අඩිය ගසාපු සතෙක් ඇත්නම්
ඒ සතාව වෙලමින් මරා ගිලිනවාලු.

පිස්සිගෙ පලාමල්ල වගෙයි.

Like a mad woman's bag of pot-herbs.

පීරට දත්ගහන්නා වගෙයි.

Like trying the teeth upon a file.

පුචි ලමයි නැති ගෙයි නාකි දනගානවාලු.

Old people crawl about in the house where there are no infants.

පුහුල්හොරා කරෙන් දැනෙයි.

He who steals an ash-pumpkin will be betrayed by his shoulder.

පොරව කප්පර එද්දී අපව තනන්ට අපෙන් එකෙ
ක් ඕනැයි කියා බැද්ද කෑගැසුවාලු.

පැණිහැලියේ වැටිච්ච කුහුඹියා වගෙයි.

Like the ant which fell into a pot of honey.

පැමිණි දුක් පැණිරසලු.

Sorrows that have already befallen are sweet.

පැහෙන්ට ඉස්සර ඉදුනා වගෙයි.

Like ripening before arriving at maturity.

පැල්ලැග්ගා ගිනි තැප්පාට සිලව්ලු.

Opportunity to warm one's self, was the only advantage gained by remaining in the watch-hut.

පැසීමෙන් නරක්වෙන්නේ මනුෂ්‍යයා විතරලු.

Ripeness renders only man unsightly.

ප්‍රවේසමට තැබූ යකඩේ ඇලියාවට ගැහුනා වගෙයි.

ප්‍රයෝග හස්තිය තුන්ඉරට්ට පාපයේ.

Hypocrisy is a three-fold sin.

බඩගිනි රස නොදනීලු.
Hunger knows no taste.
බඩහැලයාගෙ හමාසේ වැඩ පොලුකාරයාට එක පහරලු.
Six mouths labour of the potter, is one stroke to the man having a cudgel.
බතෙත් තිබුණොත් පිස හාලෙත් තිබුනාට පිළිනු නොවෙයි.
It is the boiled rice that is left behind and not the raw that will get stale.

බත්දුටුදා කොස් තිත්තවුනා වගෙයි.
Jack becomes bitter when rice is seen.
බත්මූණෙනත් ඇත්මූන බිඳෙනවාලු.
බතේ අරුම දැනෙන්නේ හාමතේදිලු.
The utility of rice is known when one is starving:
බරවාකකුලේ හැකඇරියා වගෙයි.
බලාකාපු පාසෙක් නොවෙයි.
බලල්ලු ලව්වා කොස්ඇටබෑව්වා වගෙයි.
Eng: To make a cat's paw of any one.
බලුවල්ගේ ඇද හරියන්ට බැරුවා වගෙයි.
The tail of a dog cannot be made straight.
බත්කෝලමට හැරඹුනොත් අනුරාධපු තැනට යන්ට ඕනෑලු.
බල්ලාට ලෙලිපොල් දුන්නාවගෙයි.
Like giving an unpeeled cocoanut to a dog.
බල්ලාට ඇති වැඩකුත්නැහැ, හෙමින් ගමනකුත් නැහැ.
Though the dog has no work, yet he never walks slowly.
බල්ලාටකිව්වාම බලුවල්ගේට කියන්ට කිව්වාලු.
The dog wanted the order that was given to him, to be given to its tail.

බල්ලා කකුළකෑවිට උගේ කකුල හපාගන්නේ නැ-
හැ.

Though a dog bites one's leg, yet it's leg will not be bitten in return

බල්ලා ඉන්නවිට පොල්ල නැහැ-පොල්ල තිබෙන
වට බල්ලා නැහැ.

When there is a dog there is no club ; when there is aclub there is no dog.

බල්ලෝ බිරුවට චන්ද්‍රයා නොසලකනසී.

The moon will not care about the barking of dogs.

බල්ලෝ බිරුවට අලි භයනොවෙත්.

The barking of dogs will not frighten elephants.

බල්ලෝ බිරුවට කන්ද කුඩානොවෙයි.

The barking of dogs will not make the mountain small.

භාෂාව ඉගෙනීමට ආසාව තිබුනමණින්ම පිළිවන්ද ?

Will the mere desire to learn a language enable one to learn it ?

බීහිරාට ගීතිකා මොටද ?

What music to a deaf man ?

බිහිරිඅලියාට වීණාගායනාකරන්නාමෙනි.

Like playing the fiddle to a deaf elephant.

බුදුන්වැඳගෙන එනගමන් කෙමනත් බලාගන්නා
වගෙයි.

Like examining the *Kemana* while returning from adoring *Buddha* *

බෙරවායංගෙ උගුලේ මොනා අහුවුනත් එකයි.

It is all the same whatever animal is caught in the tom-tom beater's trap.

බුදුන්ගේ පාත්‍රෙබින්දුවාගෙයි.

Like breaking *Buddha's* bowl..

බොරදියේ දැම්මාවගෙයි.

Like putting in turbid water.

---

* See note 22

බොරුවට පණනැහැ.

A lie has no life.

බුදුන් අවචන්නොත් සඟුන් අවචන්නොත් මම බො
තා රකෑවෙච්චය කියා බේබද්දෙක් කිව්.

බුදුවචනකොටම මාරයුධයක් කිවං වගෙයි.

බොල්ලෑවා මලත් අදව් නැත්ලු.

Although a man with projected teeth is dead, yet no one will believe.

බැද්දට පෑවූ හඳවගෙයි.

Like the moon shining in a jungle.

බැරිදේ පිළිවන්ද දත්මිටි කෑවාට

Can you do what is impossible though you grind your teeth ?

බැලලී වදන්ට ඉක්මන්වූ තරමකියතොත් ඇස් ඇති
පැටවු වදන්ට මතකනැතිවූනාලු.

The cat was in such a hurry to bring forth, that she forgot to bring forth young ones with eyes.

මකුනාගේ බඩේ නූල් සිඟවෙන්නේ නැතිලු.

The supply of threads in the stomach of a spider will never fail.

මඩුකුඩන් හදනවිත්තිය කිව්වා වගෙයි-(මෙපමණ මඩු
කුඩන් හුඟක් හදන්නේ කුමටද කියා පාරේය
න්නෙක් ඒ ගෙදර තරුණීගෙන් ඇසුවාම ම
න්දන්නේ නැහැ- මගුලක්ලු-කාටලු-මන් දන්
නෙ නැහැ මටලු.

මගුල් කෑමට ගොස් ඉලව් කෑම ලැබුනා වගෙයි.

Like the person who went to a wedding but had to partake of a funeral feast.

මගුලේ හැඩ දැනෙන්නේ ලමයි හඬනවිටලු.

The nature of the marriage could be made out when children cry.

මගුල් පාලුකරණ්ට කිරිබත් පත්ත හැංගුවා වගෙයි.

මගුල් කපුවාට හෙන හතක් නියමිලූ.

Seven thunder-bolts fall to the lot of a match-maker.

මගේ අරක්කු බීලා මටම ගහනවයි කීවා වගෙයි.

Like saying "You strike me after drinking my own arrack."

මතු පැමිණෙන ලෙඩට බෙහෙත් කන්නා වගෙයි.

Like taking medicine in anticipation of a disease.

මඩේ ගිලුණු ඇතා ගොඩගණ්ට ඊට වඩා බලසම්පන්
න ගජේන්ද්‍රයකු ඕනෑ කරයි.

A stronger elephant is necessary to pull another elephant out of the mud.

මම පොල් හොරකම්කලා නොවෙයි, එල්ලන් බැස්
සයි කිවා වගෙයි.

Like the saying "I did not steal the cocoanuts but simply brought them down the tree."

මළයින අයගෙ කේන්ද්‍රය බැලුවායින් කවරනම් ප්‍ර
යෝජනද ?

What is the use of consulting a dead man's horoscope.

මරපු කුකුලා ශුද්ධකරණ්ට නරියාට දුන්නා ව
ගෙයි.

Like killing a fowl and handing it over to a fox to clean.

මරු ඇති තැන් දනී පය දෙපතුල්ලා.

The soles of ones' feet only will know where he is to die.

මරුවා ආදුව බාධා නැතිලූ.

Death when it comes meets with no opposition.

මහනෙල් මල් විලෙත් මැඩියෝ ඉන්නවාලූ.

Even in the lotus-pond there are frogs.

මහනෙල් මල ඉතා සුවඳ නමුත් එහි දණ්ඩ කොර
හැඩියි.

Though the lotus-flower is very sweet, yet its stalk is very rough.

මහ දෙනමුත්තාගෙ නුවණ වගෙයි-වස්සා හැලිය තුළ ඔළුව ලාගත් බව ගොස් කීවාම ඒ දෙනමුත්තා ඇතාපිට නැගී වත්තට එන්ට තාප්පේ කඩවා ඇතුල් මිදුලට එන්ට ගෙයක් කඩවා ඇවිත් වස්සාගෙ කුලල කප්පවා හැලිය බිඳ ඔළුව අරන් දී මම නැතිද තොපි කොහොමද කියාගෙණ ගියාලු.

Like the wisdom of Mahadenamuttha.

A certain man whose calf had put its head into a pot, consulted Mahadenamuttha (who was proverbial for his wisdom) as to what means should be adopted in order to take the calf's head out without any injury either to it or to the pot. The sage got on his elephant and rode in the direction of the man's house. In order to enter the garden he had to get a wall broken down and a house too to gain the inner compound where the calf was; then he ordered the calf's neck to be cut asunder and after breaking the pot he took the head out and gave it to the owner, saying "How will you get on when I am dead and gone."

මහ නැව් යන මුහුදේ කුඩා ඔරුත් යනවාලු.

Small boats too go in the sea where big ships pass.

මහෝදර ලෙඩා කොතරම් දිය බීවත් ඇතැයි යන තෘප්තියට නොපැමිණෙයි.

No amount of water will satisfy the thirst of a man suffering from dropsy.

මහළුවූතාම යකාත් තපස් රකින්ට කැමතිලු

Even the devil wishes to be a hermit in old age.

මාතර ගොස් උගත්තෙත් පොල් ගාන්ට විතරක්ද ?

After going to Matara too, have you learnt only to scrape cocoanuts ?

මාලිගා ඇති රටේ දිළිඳු පැලුත් තිබෙනවාලු.

In a country where there are palaces, there are miserable hovels too.

මිත්‍රයෙක් අමිත්‍රකාරගණ්ට ඔනාපනම් ඔහුට පනමක් නයට දෙන්වලු.

If you wish to make a friend unfriendly, lend him a fanam.

මිටේ උන් කුරුල්ලා ඇරලා ගහේ උන් කුරුල්ලා ඇල්ලීමට ගියාක්මෙනි.

Like leaving the bird in the hand, and trying to catch the one on the tree.

[A bird in the hand is worth two in the bush.]

මීකාරකාගෙ කරේ එලහරකා ඇඳුවා වගෙයි.

Like yoking a bullock with a buffaloe.

මීයක් කැඩූ කෙනෙක් අත ලෙවකන්ලු.

He who breaks a bee-hive, will lick his hand.

මීයාට මරණ බළලාට සෙල්ලමලු.

Death to the rat and play to the cat.

මුහුන්විත නොදී වැහිපස්ස එවන්නෙමුයි කිවාලු.

Like refusing a little leaven and promising to send the she-calf.

මූණින් නැවූ කලේ වගෙයි.

Like the pot placed with its mouth downwards.

මුව දඩයමට යන්නේ ආනම් කන්ටමයැයි ?

Is it only to eat *ánam* that one goes a deer hunting.*

මුහුදු වතුර බීවාට පිපාස නොසංසිඳෙයි.

Sea water will not quench one's thirst.

මුහුද කැඳවුනත් කෙටි හැන්ද මා අතෙයි කිවා වගෙයි.

Similar to the saying, "Even if the ocean be turned into cunjee, the short-spoon is in my hand."

මුහුණ සේදූ තරමට ඇසට සනීපයි.

The oftener the face is washed, the more beneficial it will be to the eye.

---

* See Note 23.

මුරුංගා ගහ කැපූ කථාව වගෙයි-වත්තේ තිබුන මුරුංගා ගහේ මල් දුටුවද, ඒවා කරල්වුනාම මිටි බඳින ප්‍රමාණයත්, විකුනන මිල ගණනුත්, ඒ මිලයෙන් වෙළඳාම්කරණ හැටිත් මිල වැඩිකර නැව් තනවා රටින් රට වෙළඳාම් කරවා ගෙණෙන බඩු දමීමට ගුදම් ඕනෑ බවත් සිතා, ගුදමට එන්ට පාර හැදීමට අවහිරව පෙනී ගියනිසා ඒ මුරුංගා ගහ කැපුවාළු.

Like the cutting down of the drum-stick tree.

A person who had a drum-stick tree in his garden when he saw the first blossoms on it, fell to thinking about the way the drum-sticks they would produce, should be tied into bundles ; from that he passed on to a speculation about the profits that would accrue to him by selling them, and the trade he could carry on with this money, and the extensive trade which in course of time he would be able to carry on with foreign countries with ships of his own ; and the store-houses that should be built for foreign goods ; and as the drum-stick tree seemed to obstruct the way to the store-houses he cut it down.

මෙහෙම ගෙදරකට කුළු තුනක්වත් ඕනෑයි කී විත්තිය වගෙයි—වස්සාවක් වැහැගෙණ එද්දි පාරේ යන්නෙක් ඒලඟ ගෙදරට ගොඩනැගුනාම, ගේ නොමෙතනිසා ඒ ගෙදර දෙන්නා දෙමල්ලෝ කුළු දෙකක් ඉසලා ඉඳිනණ අතෙ ! උඹට දෙන්ට කුල්ලක් නැත කිවාම, මෙහෙම ගෙදරකට කුළු තුනක්වත් තිබෙන්ට ඕනෑයි කියා මඟයන්නා තෙම්තෙමී ගියාළු.

Similar to the saying. "There ought to be at least three winnowing fans for a house like this."

[A passenger who stepped into a road-side house to take shelter for the rain, found the husband

& wife under the shelter of two winnowing fans as the roof of the house was leaking. On seeing the stranger the two occupants of the house exclaimed "pity that we have'nt another winnowing fan for you." The passenger on hearing this, went away in the rain saying "there ought to be at least three winnowing fans for a house like this"

මේ මිනිහා මා මරණවෝ කියා මුරගෑණු විත්තිය-ලඟ ගෙදර ගෑණිට ඇගෙ සැමියා බිගණව්ත් ගුටි බැට දෙනව්ට කෑ ගසන නිසා, එලෙස මාත් තායක් මමත් ගනිමැයි සිතා ඇ ගෙදර තිබෙන වත්ගෙඩිකොටේ උඩඑල්ලා විසිතර පිට පාමින් ශබ්දකර එලෙස කෑගෑසුවාළු.

මෝඩකමක් කරලා දැනමුතුවෙන්ට ඕනෑළු.

It is by committing a foolish act that one learns wisdom.

මැණික්ගලේ පය හැපුනාව කණා ඇදිනලා ගණිද ?

Will a blind man make out and pick up the precious stone he pitches his foot against ?

මැටියෙන්වත් මොකද බලලා මීයා ඇල්ලිනම්.

If the cat catches rats, it matters not that he is made of clay.

යකඩ දව්ව ගෙයි ඉඹුල් පුළුන් කොයින්ද ?

Could there be cotton in a house where iron has been consumed ?

යකාට භයනම් සොහොම්පලේ ගේ හදන්ට එපා.

Do not build your house in a cemetery if you are afraid of the devil.

යක්දරුවෝ වාති යක් මව්පියෝ නොවාති.

Even the most depraved parents have an affection for their children, but the reverse is true in the case of depraved children.

යකුන් නැටුවාට පසු කට්ටාඬියාව වසුකණුවටත් එපාලු.

The devil dancer, after the close of his ceremonies, is not wanted even to be used as a post to tie calves to.

යක්ෂයා පක්ෂවුණොත් නරකාදියාම ලේසියි.

If the devil becomes your god-father you can go to hell easily.

යන යකා කොරහත් බිඳගෙණ ගියාලු.

The departing devil broke the chutty on his way.

යකුන් සේවයකළෝ ඇත්නම් පැරදුණෝ මිස දිනූවෝ නැත.

Those who serve devils never come off victorious but are always vanquished.

යන්නේ කොහාටදැයි ඇසුවාම මල්ලේ පොල්ය කීවාලු.

A person on being asked where he was going, said he had cocoanuts in his bag.

යාළුවෝ දහට පොල් දහ බෙදුවා වගෙයි.

Like distributing a thousand cocoa-nuts among a thousand friends.

යුද්දෙට නැති කඩුව කොස් කොටන්ටද ?

Are you to cut jack with the sword that is not used in the battle?

රත්රන් ගෙම්බා මැකූ කථාව - එක් සිටානකුට පරම්පරයෙන් උරුමව තිබුන රත්රන් ගෙම්බියා මකා අයිත්තම් තනවාගැණීමට සිතූ නමුත්, බඩාලන්ට දීමෙන් වංචාකරන සිතා තම පුත්‍රයාට රත්රන්වැඩ උගන්වා අයිත්තම් තැනීමට එය බාරදුන්නාම, ගිනිකබලේ පස්යට කලින් ගෙම්බියක් වළලා තිබා ගිනිපිඹිනාවිට උං පැනගද්දී 'අම්මෝ රත්රන් ගෙම්බා පැනගත්තා' කියා පෙන්නුවාලු.

රදවුන්ට රෙදි දීලා කොක්කු පාරේ යන්නාවගෙයි.

To go after cranes, after giving the clothes to the dhoby.

රදපිරුවටේ වගෙයි.

Like a cloth hired out by a dhoby.

රයිනමයා සහ ගම්පලයාගේ කථාව—මෙම දෙදෙනා එකතුව රන්බඩු පෙට්ටියක් සොරාගෙණ ගොස් මුහුදු වෙරළේ වළලා ඊපිට මෙම දෙදෙනා නිදාගන්න අතර, එකෙක් නැගිට හොරගෙ ණ එම පෙට්ටිය මුහුදේ කරවටක් ගැඹුරේ ගිල් ලවා අවුත් නිදාගත්තදී, අනිකා පිබිද බැලුකල පෙට්ටිය නැතිබව දැක මොහු අනිකාගේ ඇඟ ලෙවකා බලා මුහුදේ සඟවාපු බව සහ ගැඹුරේ ප්‍රමාණයත් තේරුම්ගෙණ, මුහුදේ බැස සොයා ගෙණ පිදුරුගොඩක් අස්සේ සැඟවුනාලු—එව්ව අනිත් අය ලයේ අත්සපාගෙණ, තම මිත්‍රයා පෙට් ටියත් සමග පිදුරුගොඩක් අස්සේ සැඟවෙන්ට ඇතැයි සිතා 'සොකඩයක්' (සොකඩය නම් ලිවලි න් සාද හරකාගේ බෙල්ලේ එල්ලන ශබ්දපාන එකකි) බෙල්ලේ එල්ලාගෙණ සොයායන විට, පිදු රුගොඩ අස්සේ ගැන්නීගෙණ උන් ඒ සොර හර කෙක් පිදුරු කන්ට ආවායැයි සිතා ජඃ ! ජඃ !! කෙං පියා කියා දැක්කුවාම දුවගොස් බදාඅල්ලාගෙණ පෙට්ටියේ තිබුන රන්බඩු දෙන්නා එක්ක බෙද හදාගෙණ ගියාලු.

රජවුනත් බල්ලා සෙරෙප්පු කනවාලු.

The dog even if he becomes a king will bite sandals.

රජකම්කරණ්ට බැරිනම් වෙදකම්කරණ්ටලු.

If you cannot become a king then take to the healing art,

රජකම්ගන්ට සිංහයා වෙන ආ ඌරකන් කථාව--එක්
තරම් වනාන්ත වාසයකර උන් සෙවනකේසරී' නම්
සිංහරාජ මහළු වයසට පැමිණ, එම වනාන්තරය
දිමා සුදුස්සෙක් නැඳවාඑන්ට 'සීරසාර' නම්
සිවලාට අවසරලැබී, ඒට කෙතෙක් සොයා සත
කැලෑට නායක වල්ඌරෙකු සම්බන්ධව අසා
බෝවත් මාමන්ඩියේ කියා ආචාරකොට, අප සිං
හරජ මහළුබවට පැමිණියෙන් එම රජකම දෙ
න්ට තමුසෙව නැඳවාඑන්ට මට අවසර ලැබුනායි
කීහ-එබස ඇසූ වල්ඌරා ඒට සැමතිවී සිවලා
සමග සිංහගුහාවට යයවිට, මහළු සිංහරජ වල්
ඌරාට පැන්න තබුත් මරන්ට නොහැකිව යන්
තම් පණගලවාගෙණ ගියඋත් පසු; අනෙත් සිව
ලා වල්ඌරා කරා ගොස් තමුසේගේ හය ජිහ්වින
නම් දූතගැණීමට උත්තානසේකල සෝදිසියා
හයවුනා මරදන කියා අහැදී ආයෙත් එක්ක ආ
විට, සිංහයා ඌරට පැන මරනබා සාක්වගොස්
එන්ට ප්‍රථම තරිනා ඌරාගෙ අඟුරැමළු එ කිත්ත්
න ඇද කැවාළු-ඉන්පසු සිංහයා ඇවිත් පරීක්ෂා
කරබලා අඟුරැමාළු නැති බව කීවාම, අඟුරැ
මාළු ඇත්නම් දෙවෙනි වතාවේ නෝනා බව සවා
මිදරුවන්ගේ තීක්ෂණ කල්පනාවට හැඟෙනාවා
ඇත කියා සිවලා ඇඟට ඉහට නෙදනීවාගේ
උත්තරදී පැනගියාළු.

රජවුනාත් බල්ලා සෙරෙප්පු කනවාලු.

The dog even if he becomes a king will bite sandals.

රජගෙදර රන්කූඩුවේ රාජභෝජන කනවාට වඩා
ගෑලේ එක හැඩලීමක් හොඳයි කියා ගිරවා කී
වළු

The parrot said that it was better for him to utter one note with his flock, than to live in a golden cage in the king's palace & enjoy delicious food.

රජුන් සේවයකලෝ දිනුවොත් ඇති පැරදුනොත් ඇති.

There are losers as well as gainers among those who have served kings.

රජුන් යන මඟ දිලින්දෙත් යනවාලු.

Poor men also go in the same road as kings.

රජුන්ගේ කරුණාව උරුමයක් නොවෙයි.

The favour of kings is no inheritance.

රට වටකර වැටබඳිනත් කට වටකර වැට බඳින්ට බැරිලු.

A country could be hedged round about, but not the tongue.

රන් ආවුදෙන් ඇන්නත් රිදුම එකලෙසමයි.

A stab with a golden weapon is just as painful as that with any other.

රන්පව්වේ සිටින කපුටත් රන්පැහැයලු.

The crow on a golden rock has a golden hue.

රතරෝදේ වගෙයි

Like a carriage-wheel.

රන්රන් ඉදිකටුවවුනත් ඇසේ ඇනුනොත් කණ වෙයි.

Though the needle be of gold, yet a prick with it will blind the eye.

රදවාට හාමිනේ ඩන්ජුන් ගැහි-ශේනානෝ බත් තිබෙන්නා, මාළු තිබෙන්නා කෙසෙල් කොලයක් නැතිනිසා දෙන්ටහැකිනැත කියා කීප විටාවක් කිව්වාට පසු, එක්දිනක් රදවා කොලයක් කපා පොට්ටනියේ දමාගෙන ගියාලු-එදත් එසේ කිව්වාම 'මෙන්න හාමිනේ කොලයක් තියෙනවාය කියා පෙන්නුවිට, "අනේ ; බාන් ශේනාගෝ! හැමදාම මම කීවේ සැබෑවටයි, අද මම කීවේ කවටකමටයි" කීවාලු.

රසලෙස කීමට වඩා යහලෙස කිරීම හොඳයි.
Better to act well, than to speak sweetly.

රහස හුඟක්කල් ජීවත්නොවෙයි.
Secrets are never long-lived.

රබීලා ගහෙන් බහින මීයා, බළලා ආවොත් දෙකට ගහමියි කීවාලු
A rat drunk with toddy, on getting down the tree, said a cat were to come then he would break him in two.

රජකාරිය කරලත් හිරේලු
Like being sent to jail even after one had done his duty.

රිලවුන්ට මොන මල්වඩම්ද ?
What garlands for monkeys.

රිංගන්ට පිළිවන්නම් බැද්ද රජමාවතලු
The jungle is a royal road to one who could creep through it.

රිදී කාසියපිට නැඟුණ මැඩියා ඇතා ගිලිමියි කියා කට ඇරියාලු
The frog who got upon a silver coin, opened its mouth threatening to swallow down the elephant.

රූව ඇති දුවත් කට ඇති පුතත් වදන්ට කිව් ලු
Give birth to a beautiful daughter and to an eloquent son.

රූපියල් අය්යේ අළුක්කාල් දමන්නාවගෙයි

රූපට පිණට මමත් යන්තමකට උඹත්, කියා බකමූණා කහ කුරුල්ලාට කීවාලු
"In beauty and fortune I am second to none, and you are just passable," said the owl to the yellow-bird.

රැවුල පත්තුවෙද්දී සුරුට්ටුව පත්තුකරන්ට ආවා වගෙයි
Like going up to a person whose beard is on fire to light a cigar.

රෑදුටු වළේ දවල් වැටුනාක් මෙනි

To fall in the day time into the pit one had seen at night.

ලහත් තිඹයි තිඹත් ලහයි.

A *laha* is a *thimba*, and a *thimba* is a *laha*.

[*Laha* and *thimba* are both terms applied to the same measure.]

ළමයි කන රටේ කුකුළු පැටව් ඇතිකළ හැකිද?

Could chickens be reared in the country where children are eaten. ?

ලබ්බට තිබූ අපල පුහුලටත්.

The gourd will meet with the same treatment as pumpkin.

ළමහාම්මගෙ දරුවා මගේ මරුවා දූසී කීවා වගෙයි.

ලබ්බේ දෙහිනැපු කථාව—එක් පිටිසර ගමක ගොවියෙක් ගෙයි නැනක්කොට වී මහින්නට දවසේදී එය් ඇරෙන්ට දෙයියනැපුමක් පටන්ගත්තාලු-පසුව මදක්දුර කාංකාරිය කරණකොට වැසි පටන්ගත්තාම, ඇදුරෝ ඉතින් කොහොමද සාර්ථවී මනුෂ්‍යක් හැරීකොට කියා ඇහුවාලු-ඉතින් ගොවිරාල්ලා වැටපිට බැලූකොට ඒගොල්ලන්ගේ ගේගේ වැලක ලොකු දියලබුගෙඩියක් තිබෙනවා දැක මේකට කඩූසයි කියා ඇදුරන්ට කථාකරපුවාම, ඒගොල්ලන් සතුටුව ලබුගෙඩියට ඇනුල්වූනාලු-වැසි තදින් වැස්ස නමුත් මේගොල්ලන්ගේ කාංකාරි නිසාත්, කිසි පිහ හුළඟක් ඇනුළු නොවදින නිසාත්, මේ ඇත්තන් නොදන්නුවත්ම තද දියපාරවීත් ලබුගෙඩිය ගහගෙණ නොහිත් නොයා වැටී, ගොයින් ළිඳුදට වැටුනුනාල මග කූරියෙන් ලබ්බ ගිලීල්ලු-සස්සියෙක් ඒ කූරියා ගැලූ ගලක්පිට අව්වතපිමින් ඉන්න වේලාවට මීනිහෙක් ඇවිත් පස්සා වීදූ ගෙණගියාලු-

ශ්‍රීමිනිහා පස්සා විද ගෙනගියේ එම ගෙදරට මඟුල්ඇයිමකට ආ මිනිස්සුන්ට කෑම දෙන්ටයි-පස්සාගෙ පියාපත් සිඳ බඩවැල්නල කුරියා දැක මාළු දෙසකැයි සතුටුව, කුරියාගෙ බඩවැල්නල ලබ්බගෙඩිය දැක මාළු තුනකැයි සතුටුව, ලබ්බගෙඩියේ කර කැපුවාම, "ඩෙන්ග ඩෙනා ඩේඩිරමන්ඩෙනානා" කියමින් උඩැක්කියාගෙන ඇදුරෝගෙන්ම එලියටබැස යියෝලු.

ලුවන්වි සීයාගෙ අනාතිම අවවාදය — කෝපිඇට මල්ලත් ජපාලඇට මල්ලත් මේල්උඩ එකතැන තිබ්බනාකර, දිනක් රෑබාගයේ ලුවන්වි සීයාට තදබලු ගිසරදයක් හැදී "බොලව් කොල්ලනේ! මට කෝපි ටිකක් දීපියව්" කියා සැරවැරලෙස ඉල්ලුවිට ඒ ගෙදරඋන් කිඩගනෙල්ලත් මේල්උඩට දනිපනියාගණිගොස්, කට්ටකරැවලේ අතපතනාගණ යනවිට, සීයාගේ කරුමෙටවාගේ ජපාලමල්ලට අසුගැයි, කෝපියැයි සිතා ගෙණැවිත් බැද කුඩුකර කෝපිසාද දුන්නාලු-මේ කෝපි බීපු සීයාට එවෙලේ පටන් වක්කඩ කැඩුවාක්මෙන් කටින් බඩින් ගහාගණයන්ටවෙලා "නොඩ පයත් වලේ පයත්" මෙන් සිටි නාකියා මරණසන්නව ඉඳගණ තමන් දූදරු යනාදීන් ලඟට කැඳවා, "කෝපි නොබොව් මෝඩයින් දෙකොණින් තුරුතුරු" කියා අවවාදදී "ආදුව බාදනැති" මාරයාගේ අතට අසුවුනේලු.

ලාන්ට ගිත්වුන් කිව්වාවගෙයි-උඩරට මිනිහෙක් කොළඹ ඇවිත් සිටිද්දී කව්දෝ රැවුල ඇද්ද වෙයෝ ඝන්තිබා තමන් ගෙදර ලඟට ගොස් වටපිටබලා 'ඒනා මගේ රැවුල ඇද්දට එකක් ලාන්ට ගිත් වුනි' කිවලු.

Like the saying "I was tempted to strike."

An up country man whose beard some one had pulled when he was in Colombo, on his return home being put in mind of the insult he bore so patiently at the time it was offered, seeing that nobody was near observed, "that fellow pulled my beard and I was tempted to strike him."

ලිපේ අළු ගාගන්ට ආඬියාගේ අවසර මොටද ?

Permission from an *Andiya* is not necessary to daub one's self with ashes from the hearth.

ලියන්ට මැලි අයගේ පන්හිද ගජබාහුරජගේ යගද වටත් බරලු-(යගදුව කියන ඒ සැරයටිය යෝධ යින් හත්දෙනෙක් උසුලන බරලු.)

The iron style of the man who is too lazy to write is heavier than the walking-stick of king Gajabáhu.

[The යගදුව walking stick of Gajabáhu could with difficulty be raised by seven giants.

ලියේ ඇදේ සකින වෑයත් ඇදසකිනලු.

The adze which straightens timber is itself not straight.

ලුණු ගෙණෙන්ට ලේවා ගිය විත්තිය වගෙයි-ගෑමි ඇත්තෝ ලුණු ගෙණෙන්ට ලේවා යනවා දැක පුරුෂයාට කථාකර තමුසෙටත් ගොයින් ලුණු ගෙණෙන්ට පාරකද කියා සැරි ඇසුවාම, අනේ බාත් ! මට ඔය වැඩේ දනොත්තේ නෑනෑයි රත් රදුන්වට, ගොන් තවලම දක්කා ගොස් ලුණු ගෙණෙන්ට ඒ හැටි දනීමක් කුමටදැයි ඇසුවාය-එවිට ඔහු ගොන් තවලම දක්කාගණ ගොස් බැඳ ගණ ගිය බත්මුල දවාලට කාලා සවස්වෙනකල් ගොන්තවලම පස්සේ ඇවිත්, තමන් ලිදලගා සේන්දුවී රෑට උයන්ට සූදනම්වෙද්දී ඔහුගේ ද රුවෝ ලඟා ඇවිත් 'තාත්තේ' කියා කථාකලවී වගිය ගිය රටේ කොල්ලෝ මට තාත්තේ කියන්නේ මම කොයේ අම්මාගේ පුරුෂයාද කියා බැ

හාදෙඬුවාම, තාත්තා ළිඳලඟ උයනාවයි කියා දරුවෝ මව්ට කිව්ට, ඈ එකී ඇවිත් අනේ! මගේ රාල ලේවා ගියා ඇත කියා ගෙදර එක්කා ගියාලු.

As a certain man went to Léváya to bring salt.

A certain woman who had seen the people of her village go to Léváya to bring salt asked her husband why he too should not do the same "I do not know how to do it," replied the husband. "There is not much knowledge required to drive a herd of cattle and to bring salt on their backs" said the wife. The husband then set out on his journey. He kept on driving the cattle the whole day and ate the rice he had taken with him. In the evening he came to his own well and made ready to cook his evening meal. His children in the mean time came out and shouted out, "Father, father." The man got into a rage and said: "every where I go, children call me father. Am I your mother's husband that you should call me father." The wife being told by the children that their father was preparing to cook near the well, came out and took her husband home, observing that it was high time that her husband's trip to Léváya should be brought to a close.

ලූලා නැති වලට කනයා පණ්ඩිතයාලු.

The *Kunaya* is the chief in a pit which has no Lúla.

ලෙඩෙසී කියත්තෙන් වල්ගේ තමයි.

The tail is the illness.*

ලෙව්ල්ලෙන් කැවිල්ලු නැතිවෙනවාලු.

[To lose the substance by grasping at the shadow]

* See note 24

ලේවායේ ඉදගෙන කිවිලෙන් කන්නා වගෙයි.
Like eating without salt though living at Léváya.

ලොවට ප්‍රකාශෙ ගෙදරට මරගාතේ.
Fame abroad & distress at home.

ලොවින් එකෙනක් එක දේකට වෙයි සමත.
One man in the world will excel in one thing.

ලැවැත්තක් නැති මරණයක් නැතිලු.
There is no kind of death that is without a cause.

වක්කඩෙ හකුරු හැංගුවා වගෙයි.
Like hiding jaggary in a water course.

වක්කළ අත දික්කර ගනුරු මගුල්සක්වල එළිය නො දුලු.
Living in this world is preferable even for the short time that it takes to stretch out a bent hand.

වනාන්තරේ ඉදිනත් නඩුක්‍රමය දනෙනවයි කියා නරිනයිදේ කිව්වාලු.
The fox is reported to have said that he knew law though he lived in a jungle.

වත්ත බදුදීලා ඇස්සට දත නියවනවාලු.

වනේ ගස්ජාති එමට තිබුනාට මොකද හඳුන්ගහක් නැතිනාව.
What is the good of there being different kinds of trees in a jungle when it has no sandal-wood tree.

වත්තේ කහඹිලියාත් ඇගකනවාලු.
Even the nettles that grow in your own garden scratch.

වද ගෑණිගෙ සිම වගෙයි-කවදාවත් දරුවෙකු නොවැදූ ගෑණි, දරු දහදෙලොස් දෙනෙකුගේ මව්ව, "නොදකිත් ඔය ගෑණි ඔගේ දෙතුන් අවුරු

ද්දකට පසු එකෙනෙක් වදයි- මමනම් මෙලහකට
එකා බැගින් දරුවන් විස්සක් තිහක් වැදුවාවද"
කිව ලු.

Like the saying of the barren woman.

A barren woman said to the mother of ten or twelve children, "you only bring forth once in two or three years, but if I were you I would have by this time brought forth 20 or 30 at the rate of one every year."

වඳින්ට ගිය දේවාලේ ඔලුවේ කඩාවැටුනා වාගෙයි.

Like the temple where one had gone to worship coming down on his head.

වඳුරෝ වල්කෙටුවේ කවදද?

When did monkeys clear jungles?

වඳුන් දරුවන් ලැබුවා වාගෙයි.

Like barren women getting children.

වඳුන්ට දරුදුක් නොදනේලු.

Barren women know not the sorrows of children.

වඳුරා කිඹුලා රැවටුවා වාගෙයි–කිඹුලියට දොළදුක් හට
ගැණී, මේ ගඟ අසල ඇව්දින වඳුරාගේ හෘද
මාංස ගෙණදෙන්ට කිව්වට, කිඹුලා ගොස් වඳුරෙ
ක් සමග ඝනතාව, යාළුවේ ඔය ගොඩට වඩා
මේ ගොඩේ දලු තිබෙනවාය, තිබුනාට යන්නේ
කොහොමදැයි ඇහුව්ව, මම එගොඩකරඅරන්නම්
කිවාම: වඳුරා කිඹුලාගේ පිටට පැනනැගී ගඟ
මැදට ගියාම, තොව මම ගෙණයන්නේ අපේ ගෑ
ණිට තොගේ හෘදමාංස කන්ට දෙන්ටයයි කිඹු
ලා කිව්වාලු, එවිට ඇයි බොල මෝඩ කිඹුලා! ම
ගේ හෘදමාංස අර ගහේ රතට එල්ලා තිබා ආ
වා තෝ දුටුවේ නැද්ද? ඕනෑනම් දෙන්ට වර කි
යා අඹගහගණ හොස් වඳුරා ගහට පැනගියාලු.

Like the trick a monkey played on an alligator.

A certain she-alligator during the earliest stages of her pregnancy being seized with a strong desire to eat the heart of a monkey requested her husband to get her one. The husband with this object in view went up to a certain monkey and told him, "Friend there is better food for you on the other side of the river than on this." "It may be so" replied the monkey, "but how am I to get there?" "Sit on my back" said the alligator "and I will take you over." The monkey accordingly got upon the alligator's back. When the alligator reached the middle of the river, he told his companion "I am taking you to my wife, to give her your heart to eat." Quoth the monkey in return, "You fool, did you not see me hang up my heart on that tree yonder. Take me back there that I may hand it over to you." The foolish alligator took the monkey to the bank. On reaching the bank however the monkey ran up a tree leaving the allligator in the lurch.

වලසාගේ මරණය බැටලුපැටවාගේ සරණය.

The death of the bear, is the safety of the lamb.

වව්ලාගේ ගෙට ආ වව්ලත් එල්ලී සිටින්ට ඕනැලු.

The bat that has come to the house of another bat, must remain suspended.

වරස් විඳි දුක් හිරමණේ දනී.

The cocoa-nut scraper will know the sorrows its owner had to bear.

වරද්දවරද්ද අහන බණට වඩා, නොවරද්ද නින්ද හොඳලු.

It is better to sleep well, than hear *Bana* which is imperfectly understood.

වරුවක් හාන ගොණාගේ වම දකුණු මොවද?

Why inquire about the right and left of a bull that ploughs only half a day.

වල්ගේ නැති බල්ලාගේ ආදරය පෙන්වන්ට බැරිලු.

A tail-less dog cannot show his love.

වල්ගේ දා බල්ලා වගෙයි.

Like a dog with a burnt tail.

වල්ඌරෝ කැකුන තලනවිට හබන්කුකුළන්ට මඟුල්ලු.

The smashing of Kekuna *(Cavarium zeylanicum)* fruits by wild-boars is a feast to wood-cocks.

වලවේගඟ හත්ගව්වක් තිබා අමුඩේ ගැහුවා වගෙයි.

Like the person who tied his *Amude* to swim when the Walawé-ganga was seven *gawwas* (28 miles) distant.

වහලේ දිවියා ඇඹුවත් පට්ටියේ ගවයෝ නැත්නම් බය නැත්ලු.

Though the tiger roars on the roof, there is no fear if you have no cattle in the fold.

වානේ දත් ඇත්නම් යකඩ පොල් කනැකිලු.

If one has teeth of steel, he could eat iron cocoa-nuts.

වාලා වෙලා උපදිනවා හොඳලු, බාලයා වෙලා උපදිනවා නරකලු.

It is better to be born a slave, than to be the youngest in a family.

වීත්ද දුකට තම්බ පුතේ කිව්වා වගෙයි-මූද වාරකන් කාලේ මස් කිරෙන් කකාඉඳලා හරව කාලේදී වැල්ලට ගොස් යනමින් මාළු ලැබී ගෙදර ගෙණ විත් මාළුමල්ල බිම්තිබා දියනියන්ට එලෙස කිව්වාලු.

විද්දේ හාවාටයි, වත්තේ පඳුරටයි.

Shot at the hare, but hit the bush.

වීර්ය හා සමාන උදව්කාර මිත්‍රයෙක් නැත්ලු.

There is no helping friend like courage.

වී පැළපත දුටුවාම අමු පැළපත ඉගිල්ලුවා වගෙයි.

Like rooting out Amu-plants on seeing paddy-plants.

වේලිච්ච ගෙඩි ගසේ තිබෙද්දී අමු ගෙඩි වැටුණා ක්‍රමෙනි.

Like the dropping down of the unripe fruit while the dried fruit was on the tree.

වැටකෙයියා ගෙඩිය උඩ තිබුණත් බිම තිබුණත් දෙකම එකලු.

It is all the same whether the screw-pine is on the tree or on the ground.

වැලේ පලගත් ගෙඩිය වැලට බරනැත්ලු.

The fruit on a creeper is no burden to it.

වැටත් නියරත් ගොයම් කා නම් කාට පමුණුවයි හිමිකාරුව.

If both the fence and the dam eat up the crop to whom shall the owner complain?

වැටෙන්නට යද්දී තල්ලුකළා වාගෙයි.

Like pushing off one who was about to fall.

වැඩි උපෙක්ෂම් ගන්නාට ඇළදණ්ඩෙන් යන්ට නොහැකිලු.

An over-careful man cannot even pass over the plank laid across a brook.

වැද්දා සිතුවොත් ගොරක දඩමස් කරනැකිලු.

The *Veddá*, if he chooses, can turn Gamboge into meat.

වැද්දෝ ගෙවල් තැනීමට කථාකරගන්නා වාගෙයි–යනු වැස්ස ඇතිදාට ඔවුන් එකිනෙකා සම්බන්ධ නාම, "ගෙයක් තනමු තෝ මිටියයි මා මිටියක් කපා ගෙනෙමු" කියා දොඩාගන්නවා පමණයි.

Like *Veddás'* speaking of building houses.

When *Veddás* meet each other on a rainy day, they say "let us build a house, you had better bring one bundle of sticks, I will also bring one"

වැට නැති වත්තට හරක් එන එක අරුමයක්ද?

Is it any wonder that cows come into the garden that has no fence.

වැලවහල්ලෙන් කෝදුරුවෙක් ඉගිලුනා වගේයි.

Like a solitary eye-fly that flies away from the core of a mellow jack-fruit.

[The core of mellow jack-fruit is proverbial as being the resort of countless hosts of eye-flies.]

වැඩ දෙනා සාමියා සැප දෙනා මිත්‍රයා.

A master who gives work, is the friend who gives happiness.

වැලි මිරිකා තෙල් ගැණීමට තැත්කරන්නාක්මෙනි

Like attempting to extract oil from sand.

ගෑපස්සෙන් ශිරපස්සෙන් සිටින්ට නරකලු.

Subjection to petticoat government is as bad as standing behind an adze.

වැස්සෙන් මිස පින්නෙන් වැව් නොපිරේලු.

It is rain that fills up streams and not dew.

සඟුන්ගේ බස් හිරළුවන්ට දැනෙයි.

Ex-Buddhist priests understand the words of Buddhist priests.

සඳට වෛරව සොරුන්ට අඳුර පිහිටවූ මෙනි.

Like the darkness which helps thieves while it hates the Moon.

සත්පුරුෂයා යන පාරේ බොහෝ දෙනාට ඉඩ ඇත්ලු—අසත්පුරුෂයා යන පාරේ ඔහුටත් ඉඩ මදිලු

Many can travel on the road a virtuous man takes, but in the road a wicked man takes there is scarcely room for himself.

සමන්දෙවියන්ගේ කාරේ ඉන්න නාගයා යාළුවේ කියා ගුරුළිඳුට කතාකර රටේ තොරතුරු ඇසූවාලු.

සිංඤෝගෙ හැට් තොප්පියෙන් පෙනේලු.

Siñño is known by the hat he wears.

සිංහතෙල් දමන්ට රත්රන් භාජනයක් ඕනෑලු.

A golden vessel is necessrry to hold the lion's grease.

සිමන්චිඤාගේ කදේ බර රබන්චිඤා දනීයැයි.

Will Simanchia know the weight of Rabanchia's pingo ?

[Eng: No one knows the weight of another's burden.]

සීයාට පුටුව තියන්නෝ මුනුපුරා නැගිටලාවද ?

In order to place a chair for the grand-father must not the grand-son rise up ?

සිරලූවෙක් මහණව සිටි කාලේ හිඟේටත් එක්ක හිර දෙකක් ගෙණවාලු.

A certain disrobed Buddhist-priest took two wives to make up for his past celibacy.

සුදු හකුරුගෙ කිම-රජ්ජුරුවන්ට හකුරු තනන්නේ කොයි සැටිදැයි ඇසුවාම, උඩට උඩු වියන් බිමට පාවාඩ වටතිර ඇතුව නාලා පිරිසිදුව මුකවාඩන් බැඳ පිරුවට ඇඳ සාදනවයි කිවාලු-මොහුගෙ "කිංමි හැටියට කෙරුම" තිබෙනවාද කියා වී භාගයට ඇර බැළුව්ට හකුරු කොල්ලෙලා හට්ටි මුට්ටි වලත් ලොවිත බව දැනගත්තාලු.

සැපදෙන මිත්‍රා වැඩදෙන මාරයාලු.

The friend who confers happiness is said to be *Máraya* * who gives work.

සැමද නිඝං එකද වැහිවලාවලු.

A long drought disappears after one day's heavy rain.

සුළු සිදුරෙන් ලොකු හම්බන් කිඳබසිනවාලු.

Small leaks sink great dhoneys.

සුදානමට අලෙයිකාවක් නැතිලු.

Precaution is steady.

---

* Death persnoified

හංසයා දියෙන් කිරි උරාගන්නාක්මෙනි.

Like the swan which sucks milk out of water.

හඳුන්වනෙත් උරුලෑවෝ ඇතිලු.

Even in a sandal-wood forest civet-cats could be found.

හංගහංගා කෝලන්බැන්දත් එළියේලු නටන්නේ.

Though you put on the mask in secret, yet you must appear in public to dance.

හපනාටත් හපනා සම්බවෙනවාලු.

An able man too will find his match.

හපනාට පොල්ල කමක්නැතිලු.

Club is unnecessary for a strong man.

හතරබිහිරි කථාව—පවුලේ මව්පියදෙන්නා සහ පුත්‍රයත් බිහිරයෝයි, පුත්‍රයාට කිරගෙණ ස්ත්‍රීත් බිහිරියි, දිනක මහගෑණි කෙතට බත් ගෙණ්යියාම පුතා කොයිද කියා මහමිනිහා ඇසුවාලු-එවිට යෙහෙලියෙ ඉව්වුන් ප්‍රමාදවුනාට මම කරණ්නේ මොකදැයි කියා උත්තරදී, ගෙදරඇවිත් කෑම ප්‍රමාදවෙලා අප්පොච්චි බැන්නායි කියනවිට, පුත් කවිමින් උන් යෙහෙලි හොඳට බැරි නාමුත් අල වැල් කුකුලල වැල් වගේවත් මම කපිනවයි කියා ලිපලඟ ගින්නපිම්න් උන් ඇගේ සැමියාට කැරාකර නූල් කැට්ටා නරකය කියා අම්මා මට බැන්නායි කීවාම, "මම එක බතලගෙඩියක්වත් පිලිස්සුවේ නැත" කියා ඔහු දිව්ලාලු.

The story of the four deaf persons.

In a certain family, the father and the mother was both deaf, as well as their son and daughter-in-law. On one occasion when the wife went with the old man's breakfast into the field, the old man asked her where their son was. The old woman however replied. "It is no fault of mine. It is the daughter-in-law that delayed cooking." On coming home, she told her daughter-in-law, who then happened to be spinning, that the old man blamed her for being late. The daughter-in-law thinking that her mother-in-law fonnd fault with her spinning said "I spin as best as I can." When however she told her husband, who was then warming himself near the hearth, that her spinning was found fault with, he swore that he had not roasted a single potatoe.

හාමුදුව භයේ පැලට නගිනවාලු, ඌරා භයේ බිමට බහින්නේනැතිලු.

For fear of master the servant goes to the watch-hut, but for fear of the boar, he dares not get out of it.

සිවිපිලට මදුපවක්.

සිත ඇත්නම් පත කුඩා නැතිලු.

If there is an inclination to eat, the quantity of rice in the plate is not small.

සිසේ පලඳින ඔටුන්න පයේ ලානැක්ම ඔටුන්නේ වරදද?

Is the crown which ought to be worn on the head to blame if it be put on the feet?

සිතේ හැටියට කලයයි.

A man will pass his days according to the purity of his mind.

සීසෑට සීස ගීදෑට ගීත.

Plough when it is time to plough, sing when it is time to sing.

හූංගො ඇති වලේ අතදැම්මා වගෙයි.

Like putting the hand into a hole full of *hungas*. §

හුළඟට දේශනාකරන්නාක්මෙනි.

Like preaching to the wind.

---

§ See Note 25

හෙට යන මට අද මොනවට බිත්තර මුං බැද කන්නාට කී කථාව වගෙයි-(පසුදින දීගයාමට සිටි ලමිස්සියක් මෙලෙස කියකියා ලිපලෑමට කොරටුවේ ඉන් මාවර කැඩුවාළු.)

හෙට ලැබෙන ඇතාට අද ලැබෙන වටුවා ජීනා.

The snipe to-day is better than the elephant to morrow.

[Eng: The egg to-day is worth more than the hen to-morrow]

හෙට්ටින්ටත් දුරුමුට්ටුවෙනවාලු.

Even chetties may run short of spices.

[The chetties were proverbial as dealers in spices.]

හොඳත් නොහොඳත් දෙකම කටමය.

Good and evil both proceed from the mouth.

හොදි උතුරා ගේ ගිණිනොගණී.

The house will not catch fire if the soup bubbles over.

හොර හරකාගෙ කරේ ඇදු හොඳ හරකත් හොරා වෙනවාලු.

A good bull yoked with a bad one will also become bad.

හොරත් ගේ ඇත්තත් එකතුවුනා වගෙයි.

Like the thief and the master of the house forming a league.

හොරාගෙ අම්මාගෙණ් පේණ ඇහුවා වගෙයි.

Like inquiring from the thief's mother about the things lost.

හොරාට ඉස්සර කෙසෙල් කැන වැටපැන්නාලු.

The bunch of plantains jumped over the fence before the thief.

හොලිකරෙත් ඇතිළි බඩුප්පන්නෝ.

There are gluttons even in Chòla country.

හැමෝගේම මස් මම කන්වාය, මාගෙ මස් කවරැත් කන්නේ නැත කියා කපුටා කීලු.

"I eat the flesh of every one, but no one eats my flesh," said the crow.

හැට පිරැණත් වඳුරා බිම ගමන් නැතිලු.

The monkey does not walk on the ground even after he has attained the age of sixty.

නිමි.

THE END.

උපග්‍රන්ථය.

APPENDIX.

—000—

ඇණියෙන් ගියත් අවරෙන් ගියත් දෙකම එකලූ

It is all the same whether the prow goes foremost or the stern.

කථාව ගමනට ඉණිමගලූ.

Conversation is a ladder for journey.

කුඩුප්පුවා දකලාවද අංගණ් කොටන්නේ.

In order to stab a *kuduppuwa* you must first see it by torch-light.

[*Kuduppuwa* is a kind of river fish.]

කොහොඹ ඇටේ නැව්වාට තිත්ත රසේ කොයිබ යාද?

Though you wash a nim-seed with water where will its bitterness go?

ගාතයක් නැති එකාට සාපයක් ඇතිලූ.

He is under a curse, who has no leg.

ගෙසීමස් ගඳ තිබෙන තෙක් දොරකඩ බලූ හඬ නොර නොවෙයි.

As long as there is meat within, the barking of dogs before the house will not cease.

ටොක්කා හරක් මේව්වල්කළා වගෙයි-(හරකාට තණ කැව්වාද දිය පෙව්වාද කියා ගමරාල ඇසුවාම උත්තරදෙන පිණිස හක සමීපයට ගෙණගොස්, දිය පෙන්නා තණකොල පතක් අධෝමා ගිනිගෙහි ගසා දිය පෙන්නුවාය-තණකොල යන මින් කාලා වැඩ්ඩි අමු තණකොල පහරණවාය කියා පෙන්නුවාලූ.

ණය නොදෙන්නාගෙන් හාය අයකරණ්නාගෙන් කථාව--ණය නොදෙන්නා නාය අයකරණ්නාගෙ

ණ් පතාග පනහක් නයට අරණ් නොගෙවා පසු වෙන අතර නය අයකරණ්නා කීපවිටක් විත් ඉල්ලු නමුත් දෙනවයි කිය කියා ප්‍රමාදවෙද්දී එක් දිනක් නය අයකරණ්නා ඇත එනවා දැක නය නොදෙන්නා මැරුණු අන්දමට නිදාගණ ඔහුගේ ස්ත්‍රී ඒ ලඟ ඉඳන් ලතෝනි කියා හඬන්ට පටන්ගත්තාය-එවිට නය අයකරණ්නා වාඩිවී සුසුම්ලමින් ඉන්නා විට, ඔහුව සන්ට හරිණ පිණිස නය නොදෙන්නාගේ ස්ත්‍රී කාරණ කියුමුත් නොගොස්, දර ශෑය බැඳීමටත් මොහු උදව්වී රංපිට මිනිය තබනතුරැත් බලා සිට "මගෙ යහළුවා සමග මමත් නසිම්" කියා මිනිය පිටට පැනනැගුණම මැරුණු අන්දමට උන් මිනිහා නැගිට මිල පොලි දෙගුණයක් දෙමැයි පොරොන්දුවූ විට බැස අයකරගණ ගියාලු.

Story of the creditor and the debtor. A certain debtor who had evaded his creditor for a long time to escape the payment of his debts, seeing the creditor come one day to his house pretended to be dead. The wife of the supposed dead man began to yell out for grief. The creditor who saw through all this, waited till the body was placed on the funeral pyre, and then jnmped on the supposed dead body, saying "I will also die with my friend," whereupon the supposed dead man got up and promised to pay off the amount due from him with twofold interest.

නුවනැති සතුරා නුනුවන මිත්‍රයාට වඩා උතුම්.

A wise enemy is worthy of more respect than a foolish friend.

පෙව් කිරි වැන්න විෂගොර සප්.

As gave to drink milk to a venomous serpent.

තමා වරදස නොදිස්නේ මෙරමා දෙස් දිස්නේ.

One's own fault will not be seen at all, while the fault of another will be seen.

තෙලෙන් බැද්දත් කොබෙයි ය ලු.

Though fryed in oil, yet it is a wild-pigeon.

දඹම්මාගෙ මුවාවෙන් සතුන් මරන්නා වගෙයි.

Like killing animals by concealing behind a tame buffalo.

දුහුණු දන දෙන ඔවා වැද්දන් දෙසන බණ වැනි.

Advice given by unlearned is like the preaching of *Veddáhs.*

මුක්කර තිදෙනාගෙ කථාව-එක් ගෙදරක පුත්තු තුන්දෙනාම මුක්කරයෝයි-එසින් වැඩි මහල්ලාට මගුල් අහපු ගෙදරට මේ තුන්දෙනා එකතුව යද්දී කථානොකරණලෙස මව් අවවාදදී ඇරියාලු-එතන හැමේදී එකෙක් කැදර අත්දමට තාන නියා අනිකා මූගෙ ඇඟ තෙනුන්තුවාම "මූ මා මරයි" කීවු, අනිකා "කථානොකර ඉඳු' කීවු, අනිකා "අම්මා කීලෙස මම වචනය කථා නොකලේ" කීවාලු.

වතුර නෝන ඔරුවට දියාලුව මොටද ?

What is the use of a baling-vessel for a boat that is not leaky ?

හක්ගෙඩියෙ උක්කල කිරිමෙනි.

As the purity of cow-milk poured into a conch-shell.

හිතුවත් මෙර උසට ලැබෙයි තම කල කුසල් පමණට.

Though your hopes are as high as *Maha-méru*, yet you will get according to your merits.

NOTES.

1 There is an allusion here to an obsolete custom. A man who was anxious that another should partake of his hospitality used to seize his intended guest by the wrist, while a man whose hospitality, was a mere pretence, used to get hold of the elbow of his guest.

2 ඉසබ-An obsolete word, meaning low caste.

3 Pansil-Five precepts of Buddha, which forbid lying, stealing, drinking, killing, and adultery.
A person is said to receive Pansil when he solemnly promises in the temple before a Priest, to adhere to these five precepts.

4 This refers to the condition in which a wood-. apple swallowed by an elephant passes out. According to the popular notion a wood-apple swallowed by an elephant passes out without any kernel.

5 The last Kandyan King Srí Wikramarája-sinha, for a conspiracy formed against him by his Prime minister Ehelapola put to death the wife and children of the latter under circumstances of the utmost barbarity. Not being content with this, he ordered all the Ehela trees (*Indian Laburnam*) in the kingdom to be rooted out in order that all traces of Ehelapola's name might be destroyed.

6 This is an allusion to a popular superstition that the mere contact of a house-lizard renders incurable a man who has been wounded by the teeth of an alligator.

7 This proverb too is based on a popular belief. The Kéndatta is a kind of bird with a long bill, the two parts of which are curved inwards, and hence according to the popular belief, he is never able to take in a sufficient amount of water to quench his thirst.

8 Gílimalé is a village which is proverbial for its betel.

9 Láha, is a basket used in measuring Paddy.

10 A monkey, whose teeth has been set on edge by eating Goraka (which is very sour), shows his teeth.

11 Gónagala, is a small rock at the mouth of Pánaduré river.

12 Totagamuwa, was the residence of Srí Ráhulasthawira, (commonly known as Totagamuwa Priest) a very learned Buddhist Priest. His knowledge of Buddhism was so perfect that he knew the whole of the Tripitaka by heart. His acquaintance with secular learning is said to have been equally marvellous Those who are conversant with his writings call him the Shakespear of the East.

13 Malbaliya, a flower offering to the Planets. A Malbaliya can be raised by one or two men.

14 Dambul Wihára. This is a well known Temple in Dambul hewn out of a solid rock, about 600 feet high. It contains over fifty images of Buddha. An idea may be performed of its vast dimensions from the fact of its having once sheltered a whole regiment of troops.

15 The fig tree never bears flowers.

16 There is an allusion here to a story which runs thus :-In a certain village there lived the widow of a blacksmith and her only son who was himself a blacksmith. This blacksmith's knowledge of Tamil was confined to the single expression நமக்குத் தெரியும், "I understand." It happened that on one occasion a Tamil man brought to him a gun in order to get removed from the barrel a charge of powder and shot which it contained. The man, on handing over the gun to the blacksmith, explained to him in Tamil the object of his

visit. The blacksmith looked very wise and said, நமக்குத் தெரியும் On finding out after due examination that the barrel contained something, he made preparations to insert in it a red-hot iron. The owner of the gun remonstrated to no purpose against such a proceeding. நமக்குத் தெரியும் was the reply of the blacksmith, who immediately afterwards introduced into the barrel the red hot iron, an act which resulted in the explosion of the powder and the death of the unfortunate blacksmith. The mother of this unlucky man ever afterwards bitterly lamented the misfortune of her son, who, by his attempts to speak in an unknown language not only brought death on himself, but also put an end to a race of which he was sole representative.

17 Kapurála. God-priest. Tikirirála, is an assistant of the Kapurála, who cooks the rice which the Kapurála offers to the gods. At the close of the ceremony it is customary for the Tikirirâla to eat the rice thus offered up.

18 The Paduwas, are a very low caste who are forbidden the use and possession of any vehicle. The possession of white bullocks which were highly esteemed in olden times, would in their case be altogether absurd and ridiculous.

19 Mera or Mahā-mèru—The sacred mountain mèru in the centre of the four great continents, compared by the Sinhalese, to the tabor, and encircled by the seven seas which are separated from each other by seven circular rocks, the residences of various demi-gods, demons, sprites, and gurulas, &c. and are under the sway of the four waran deviyó, or regents of the four points of the compass; the height of méru is said to be 84,000 yoduns 42,000 of which are below the surface of the earth; on its top Sakra holds his court surrounded by the gods of Swarga, and underneath its base is the residence of the asuras. CLOUGH'S DICTIONARY.

20 Pānmaduwa, a temporary shed erected for the purpose of invoking the gods and making offerings to them. It is so called because the ceremonies are performed by lamp-light.

21 Ginimaduwa—The place where offerings are made to Agni-devi, the goddess of fire.

22 Kemana-A peculiar kind of basket placed in streams for catching fish.

23 Anam—A peculiar kind of native curry generally consisting of cocoanut-milk, jack, and pumpkin.

24 The allusion here is to the following story :— A party of highway men were once carrying a bull they had killed in a palanquin. Being asked by several people what the palanquin contained, they replied that there was in it a patient. One person however seeing a tail hanging out, asked them what that meant. The reply of the men was "that the tail was identical with the disease of the patient·"

25 Hungās—-A kind of prickly fish found in rivers &c.

See page 70.

"*A golden vessel is necessary to hold the lion's grease.*"

This refers to the popular belief that lion's grease corrodes any vessel other than golden.

ERRATA ET CORRIGENDA.

Page.	Line.		Corrected
2	2	ones own gum is &c.	one's own gums are &c.
„	11	Kernal	Kernel.
3	6	Pappaya	Pappaw.
6	I	Cling on	cling even
7	9	earings	ear-rings
11	12	thestomach	the stomach.
13	1	civat-cat	civet-cat.
15	14	wrath	wroth
19	12 & 11	chamelion	chameleon
„	15	earing	ear-ring
21	14	on the pretence	on pretence
24	1	jewe	jewel.
28	9. 12. 13. 15. 16. Brahamin		Brahmin
29	9	10. A well from which &c.	A drawn well is never [dry.
30	5	barbar	barber
33	12	areacanut	arecanut
35	8	The story of the brim &c.	[falling. the story of the brim
36	17	Though gone	Though you go.
37	6	With jumping	with might and main
33	2 & 3	kill and bring &c.	bring some guanos killed.
40	6	wisemen	wise men.
44	1	ones	one's
45	2 & 3	Having born &c.	Could one who is born to quarter of a measure of rice clean half a measure ?

69	4, 5	a cat were &c.	"were a cat to come now I would break him in two."
62	8	style	stile
71	7	Club	a club.
72	4	fonnd	found
65	2	එකා බැගින් වෙනුවට අවුරුද්දට එකා බැගින්.	

though dull itself sharpens others." For an exquisitely poetical idea let us turn to page 71, where we find the words "Like the swan which sucks milk out of water.' Such a thought would make the fortune of a small poet. Do we want something quaintly humorous? Take this story of the man who e calf got its head fixed in a pot. A friend celebrated for wisdom, on being called in, cut off the calf's head, broke the pot, and restored the head to the owner of the calf, saying. "What will you do when I am dead and gone?" This is like a story in Dasent's Norwegian tales where a goody is found by a friend beating her husband's head with a mallet. When remonstrated with, she replies: "I have given my husband this new shirt to put on and I am beating a hole in it for his head to come through." There is a similar story put into the mouth of Buddha about a bald carpenter whose son broke his head with an axe, while killing a mosquito. One of the most bitterly satirical stories in this collection is the one in which a woman who had been married to a poor man on account of his high birth, on being visited by her parents and having nothing to offer them, began stirring in a pan on the fire, and on being asked what she was doing replied : "Oh ! I am trying to fry the honour you got for me in this old pan." The proverb "A country can be hedged about but not the tongue" has a parallel in Persian : "You may padlock the gates of a town but never the mouth of a foe." We all know Juvenal's "Scabies scribendi": —"The curse of writing is an endless itch." The Sinhalese proverb takes the form of a "scabies loquendi," i. e. "The more you scratch the more you have to scratch, the more you talk the more you have to talk." On page 34 we find the saying "The deaf man on hearing the song of the dumb man clapped his hands for joy." We commend this to the Irish member who recently stated that "as long as Ireland was silent under her wrongs so long was England deaf to her cries." There are one or two lofty sayings in this little collection. Such are "A man of patience is a banner of victory in the battle field"; "Poverty is lighter than cotton"; "A man will pass his days according to the purity of his mind"; "Great men will know the good qualities of their equals,"&c.; and there is a quaint mixture of humour and pathos in the saying "On the day the sinner's head was shaved there was hail."

There is one more remark to make : why have we none of the rich stories of the doings of the men of Tumpane?—the Boeotia of Ceylon— how they with all gravity proceeded to dig up and carry away a well of water. In the Kandian country the expression "a Tumpane man" is equivalent to a "born fool." They are like the wise men of Gotham in Nottinghamshire who built a hedge round a cuckoo to have him to sing all the year round.